AMOR E REBELDIA

Editora Appris Ltda.
1.ª Edição - Copyright© 2024 do autor
Direitos de Edição Reservados à Editora Appris Ltda.

Nenhuma parte desta obra poderá ser utilizada indevidamente, sem estar de acordo com a Lei nº 9.610/98. Se incorreções forem encontradas, serão de exclusiva responsabilidade de seus organizadores. Foi realizado o Depósito Legal na Fundação Biblioteca Nacional, de acordo com as Leis nᵒˢ 10.994, de 14/12/2004, e 12.192, de 14/01/2010.

Catalogação na Fonte
Elaborado por: Josefina A. S. Guedes
Bibliotecária CRB 9/870

S237a
2024
	Santos, Ney Isaac Sotero
	    Amor e Rebeldia / Ney Isaac Sotero Santos. – 1. ed. – Curitiba:
	Appris, 2024.
	    171 p. ; 16 x 23 cm.
	
	    ISBN 978-65-250-6097-2
	
	    1. Experiências. 2. Vida. 3. Amor. 4. Emoções. 5. Amigo. 6. Paixão.
	I. Santos, Ney Isaac Sotero. II. Título.
	
	                                                                CDD – 646

Esta é uma obra de ficção.

Appris
editora

Editora e Livraria Appris Ltda.
Av. Manoel Ribas, 2265 – Mercês
Curitiba/PR – CEP: 80810-002
Tel. (41) 3156 - 4731
www.editoraappris.com.br

Printed in Brazil
Impresso no Brasil

Ney Isaac Sotero Santos

AMOR E REBELDIA

FICHA TÉCNICA

EDITORIAL	Augusto Coelho
	Sara C. de Andrade Coelho
COMITÊ EDITORIAL	Ana El Achkar (UNIVERSO/RJ)
	Andréa Barbosa Gouveia (UFPR)
	Conrado Moreira Mendes (PUC-MG)
	Eliete Correia dos Santos (UEPB)
	Fabiano Santos (UERJ/IESP)
	Francinete Fernandes de Sousa (UEPB)
	Francisco Carlos Duarte (PUCPR)
	Francisco de Assis (Fiam-Faam, SP, Brasil)
	Jacques de Lima Ferreira (UP)
	Juliana Reichert Assunção Tonelli (UEL)
	Maria Aparecida Barbosa (USP)
	Maria Helena Zamora (PUC-Rio)
	Maria Margarida de Andrade (Umack)
	Marilda Aparecida Behrens (PUCPR)
	Marli Caetano
	Roque Ismael da Costa Güllich (UFFS)
	Toni Reis (UFPR)
	Valdomiro de Oliveira (UFPR)
	Valério Brusamolin (IFPR)
SUPERVISOR DA PRODUÇÃO	Renata Cristina Lopes Miccelli
PRODUÇÃO EDITORIAL	Sabrina Costa
REVISÃO	Katine Walmrath
DIAGRAMAÇÃO	Bruno Ferreira Nascimento
CAPA	Itamara Ferreira
REVISÃO DE PROVA	William Rodrigues

Aos meus grandes amigos do Seminário.
À minha filha Itamara.
À minha filha Janaína.
E em especial ao meu filho, Lucas, por ter sido a grande inspiração desta obra.

AGRADECIMENTOS

Agradeço a colaboração do amigo José Hable, pelo apoio, encorajamento e auxílio nas orientações de texto.

Agradeço também à valiosa e dedicada parceria de minha esposa, pela paciência, carinho e incessante ajuda para que tudo estivesse em perfeita ordem.

À minha filha Janaína Ferreira e ao Renan Rodrigues, pelas importantes observações contextuais que fizeram.

À minha filha Itamara, pela dedicação na criação da bela capa deste livro.

APRESENTAÇÃO

Era uma vez… Numa tarde de outono…

Não é assim que se começa a contar uma história de contos de fadas?!! Então…

No pátio central da catedral de Notre Dame, passeavam mãe e filha extasiadas com a atmosfera daquele cenário mágico, aproveitavam para registrar tudo o que podiam do lugar. Então, como que movida por uma "força cupidiana", aparece uma mocinha portuguesa de nome Sarah que, gentilmente, se oferece para fazer as fotografias e, em seguida, lhes apresenta o tio brasileiro de nome Ney Isaac que ali estava à espreita de tudo. Como nos contos de fadas, naquele momento, por um toque de duende, é acesa a centelha de um grande amor, que anos depois se consolidou entre Ney Isaac e Vera na calçada daquele mesmo pátio, com o pedido de casamento e a entrega do anel de compromisso.

E foi exatamente assim que conheci o autor, de comunicação fácil, que logo virou meu companheiro de viagem. Chega sem modéstia e puxa conversa, outras tantas, examina minuciosamente e se mostra compenetrado quando o assunto envolve o ser humano em suas várias facetas; busca amparo no aprendizado formal, na filosofia e em seus valores pessoais para explicar até mesmo o inexplicável.

Incansável aprendiz e professor, com o seu jeito particular de ser, retrata as coisas do mundo com maestria, tomando como referência sua bagagem de experiências vividas em contato com outras culturas e civilizações, principalmente no que concerne ao laboratório do aprendizado das ruas, sobre como a vida é e se esmera em traduzi-la de forma positiva.

Em *Amor e Rebeldia*, apresenta surpreendente narrativa que nos envolve numa trama em que Tomaz – a figura central – se revelou desde o início muito corajoso e determinado a ser o protagonista de sua história, entretanto, não contava com os reveses da vida, quanto mais se enchia de certeza e coragem na busca daquilo que lhe era valoroso: profissão, carreira, amor, família; mais se deparava com obstáculos complexos, infindáveis e aparentemente instransponíveis.

A saga mostrou isso, tecida por teias do destino que lhes foram cruéis e que se encarregaram de lhe distanciar de seus objetivos, deixaram várias frestas de dúvidas: Tomaz foi protagonista ou coadjuvante de sua própria história? Ele foi ingênuo ou tinha o "caminho das pedras" para o seu protagonismo? Viveu em função da agenda dos outros ou sabia quando e onde deveria estar fisicamente, emocionalmente e intelectualmente? Será que houve procrastinação de sua parte? Ou será que ele fez muito bem o seu dever de casa? Cumpriu a sua *"to do list"*? – dever imprescindível para aquele que sabe onde quer chegar e jamais se deixa levar ao "sabor da maré".

As respostas só serão obtidas se você – pretenso leitor – se debruçar sobre a leitura desta emocionante história e permitir-se se enveredar neste emaranhado de sentimentos: amor, ódio, ressentimento, indignação, compaixão, desespero, rebeldia, entre outros; latentes no coração humano, muitos deles presentes em nossas vidas cotidianas e que, às vezes, passam despercebidos.

As respostas só farão sentido se você se aproximar de Tomaz e conhecê-lo melhor; suas crenças, seus valores, suas motivações que sempre o impeliram a seguir adiante e nunca desistir. Só assim, compreenderá suas atitudes e escolhas diante da complexidade das situações vivenciadas, pois a vida não é preditiva.

O escritor foi muito feliz em trazer à tona, nos dias atuais, temas tão pungentes que dilaceram a alma, a exemplo de alienação parental, que ainda permanece adormecido no seio da sociedade que silencia, veladamente consente e muito pouco se indigna.

Arriscarei em dizer que Tomaz Zambom tinha pressa de viver! Tragado por ardilosas armadilhas, muitas vezes perdeu o foco, teve que aprender a tomar decisões muito cedo e assumiu as responsabilidades oriundas de suas escolhas. Viveu tudo em sua plenitude, num verdadeiro e profundo mergulho na inteireza do seu ser, a despeito de muitos que, mesmo num estirão de uma vida inteira, permanecem agarrados à superfície.

Boa leitura!

Vera Lúcia Cavalcante

PREFÁCIO

Ao iniciar o ano de 2024, eu, em Brasília, recebi uma ligação, via WhatsApp de meu amigo Ney, residente em Fortaleza, desejando-me um maravilhoso e abençoado ano! E logo em seguida assim se expressou:

— Tenho dois assuntos a tratar com você; um deles é uma surpresa! E o outro, um pedido.

— Opa — respondi. — Se puder lhe atender, *tamo* juntos!

— Vamos lá, meu amigo! A surpresa é que, além de realizar um sonho, de certa forma, estou te invejando: Escrevi um livro!

— Maravilha, meu irmão, muito bom — disse ao parabenizá-lo. — E o segundo?

— O pedido é que eu quero que você faça o prefácio do livro!

Ney Isaac Sotero Santos, uma pessoa singular, que conheci em 1977, quando ainda tínhamos 12 anos de idade, em um colégio interno, denominado Seminário Menor São Vicente de Paulo, numa cidade do estado do Paraná. Tínhamos, além da grande amizade, algo em comum: queríamos ser padres; para isso que estávamos ali estudando.

Idas e vindas, nossa amizade perdurou, resistindo ao tempo e à distância!

Quando o autor me convidou para prefaciar o seu trabalho, apresentando-me, logo em seguida, via e-mail, o exemplar de *Amor e Rebeldia*, no seu estado ainda original, sorri, intimamente, ao pensar que a tormentosa e desafiadora questão de prefaciar o livro já esteve presente em minha vida profissional.

Com muita satisfação, aceitei o convite e de bom grado interrompi algumas atividades corriqueiras para me debruçar sobre os escritos com os quais o autor me brindou e muito me honrou.

Num primeiro instante, senti alegria e satisfação por estar participando desse momento tão especial de meu amigo; somado a um desafio, não obstante já ter escrito prefácio de livros, porém técnicos e não de ficção.

E assim, ao receber a obra e iniciar a leitura para conhecê-la e poder fazer o almejado prefácio, observei, desde o início, a riqueza de detalhes que impressiona, a todo o momento, o conteúdo descrito.

Há uma cronologia muito interessante, em que são apresentadas situações corriqueiras do dia a dia, em todas as fases de uma vida, com *flashes* de realidade. Inicia-se assim num período da pré-adolescência, passando pela juventude e por fim no de adulto, até a idade de idoso, quando se chega ao ápice de todo o drama explorado; tudo isso bem expressado nessas frases que compõem o livro: *"Os pais envelhecem ao mesmo tempo em que os filhos ganham força e energia. [...] A degeneração dos pais se dá concomitante à estruturação dos filhos"*.

É no enfrentamento de questões essenciais de nosso cotidiano que se qualifica o muito bem construído livro, *Amor e Rebeldia*, que o leitor tem em mãos.

Ney Isaac é um escritor que associa a ampla experiência de vida com esmerada trajetória de uma labuta construída palmo a palmo, dia após dia, que exigiu e exige transformações, mudanças que impactam substancialmente o rumo a se tomar, e que estão refletidas no livro, em frases como esta: *"Em determinados contextos, parar poderá ser uma opção melhor do que mudar, pois as exigências que uma transformação requer, nem sempre estamos preparados para bancar"*.

O personagem principal passou por diversas situações e locais, refletidos no livro, nem sempre de fácil transpor. Esse processo de formação e aprendizagem ao longo de sua vida lhe confere uma visão de conjunto, o que justifica, plenamente, o desenvolver de todo o drama vivido, que matiza o belíssimo livro.

A obra de Ney Isaac é, na essência dessa expressão, um livro de experiências de vida. Traz consigo um texto que ilumina, esclarece, explicita, ensina, orienta, e, em síntese, descomplica!

O livro que o leitor tem em mãos é obra de um guerreiro apaixonado pela vida e de um ser humano educado, preocupado com o próximo, e "profundamente integrado no tempo que vive, com a intensidade de quem sabe que ainda há muito o que se fazer para que possamos um dia com alegria afirmar que vivemos em um mundo mais justo", palavras essas de meu mestre e amigo Dr. Arnaldo Sampaio de Moraes Godoy, que muito se encaixam ao me referir ao autor desta obra.

Resta-me assim cumprimentar o ilustre autor, pela obra ora prefaciada, com a absoluta certeza de que ela terá um papel de relevo na vida das pessoas.

Certamente, é uma obra que merece ser lida e apreciada.

José Hable

SUMÁRIO

CAPÍTULO I
DECISÃO E CORAGEM 15

CAPÍTULO II
A SABEDORIA DAS RUAS 35

CAPÍTULO III
EU... SALVADOR DE MIM 52

CAPÍTULO IV
UMA AVENTURA CARIOCA 54

CAPÍTULO V
O UNIVERSO EM MOVIMENTO 77

CAPÍTULO VI
ASAS DA IMAGINAÇÃO. SOBREVIVER É PRECISO! 83

CAPÍTULO VII
PREDESTINAÇÃO 91

CAPÍTULO VIII
O MACIÇO DE BATURITÉ 100

CAPÍTULO IX
JOSEPHINE 109

CAPÍTULO X
UM BEBÊ DE OLHOS AZUIS 113

CAPÍTULO XI
A FRAUDE 120

CAPÍTULO XII
NOVA TRAJETÓRIA 125

CAPÍTULO XIII
DESILUSÃO 134

CAPÍTULO XIV
OUTRA PERSPECTIVA 143

CAPÍTULO XV
AMOR E REBELDIA 162

CAPÍTULO I

DECISÃO E CORAGEM

Atravessei o grande portão de entrada por onde os carros passavam para chegar até o estacionamento da capela, e corri até a praça. Justino corria ao meu lado e tinha bons planos para o nosso dia de folga. Poderíamos patinar nas estreitas vias pavimentadas de concreto que entrecortavam a praça, saborear caquis arrancados diretamente dos pés, charlar com as pessoas e tomar sorvete de framboesa.

Absorvido pelo movimento, fiquei enlevado logo após a chegada. Percebi muitas pessoas conduzindo seus animais de estimação. Havia cachorros de toda espécie presos por coleiras coloridas ao pescoço; uns corriam com seus donos, que por sua vez se descontraíam juntamente com seus amigos bichos.

Inesperadamente um som gutural, profundo e contínuo ecoou nos meus ouvidos. Eu sabia que esse era claramente o indicativo da hostilidade de um animal indômito. A fera abriu a boca e mostrou os dentes; eles fremiam e salivavam enquanto o rosnado carregado de tensão transmitia advertência de perigo iminente. Já não era um cachorro, e sim uma fera irrefreável. Olhei dentro dos olhos do bicho e ele correspondeu me encarando. Inclinou seu corpo para a frente e fixou o olhar. Tinha pelos negros que brilhavam ao sol e um focinho avantajado. Seus dentes mostravam presas aguçadas e enormes. Olhei para o animal e notei que não trazia coleira, estava solto. Justino sabia das minhas limitações diante de cachorros.

— Não corra, fique parado — alertou atentamente.

Para mim era impossível conter o impulso, mas meu sangue parecia congelado nas veias, senti minha cor se desfigurar, minhas pernas ficaram leves e notei que eu não mais sentia o chão debaixo dos meus pés. Voltei o rosto levemente para Justino e ele balbuciava algo que não consegui compreender. De repente meu coração acelerou, a adrenalina subiu, o sangue voltou a ferver e senti uma mistura de medo e urgência de encontrar um lugar seguro. Contrariando as recomendações de Justino, me despachei dali feito uma faísca, e o cão raivoso partiu atrás. Saltei por um banco de cimento, atropelei o carrinho do sorvete; o sorveteiro pulou para socorrer seus gelatos, o povo se esquivou e não me deu guarida. Justino gritava alarmado e eu corria aterrorizado.

Encontrei um galho de caquizeiro, era fino, mas a chance era única, pulei e me agarrei a ele, joguei as pernas para o alto apoiando meus pés numa forquilha. Com minhas costas na horizontal olhei para baixo e distingui o monstro saltando certeiro para a lateral das minhas costelas; sua boca veio aberta e ele só precisava fechar para conseguir o intento. Cerrou os dentes, seu focinho raspou na minha camisa de algodão; agarrei firme no galho e puxei meu corpo para cima encolhendo as costas e sugando as nádegas até meu umbigo encostar no galho onde me agarrara. O bicho furioso abocanhou o tecido de tricoline, senti o arrepelo nas costas, mas mantive a posição. Justino me olhava de longe. Alguém se aproximou e repreendeu a abominação. Justino pediu que prendesse o animal e o dono se pronunciou:

— Ele é manso, não morde.

Ao pronunciar tal sacrilégio, o tutor da fera introduziu através do focinho, indo até o pescoço, uma coleira de couro presa por uma corda grossa e prendeu o animal. Desci do galho, ainda pávido e fixei os olhos em Justino, que me interpelou:

— Por que você correu?

Olhei sério para Justino, embravecido e indignado pelo fato de as pessoas não distinguirem entre um pet dócil e amistoso e um cão de guarda raivoso e temerário.

Das quatro ruas que circundam a praça Vicente de Paulo, uma é pavimentada com grandes paralelepípedos, as outras três são descalças, a terra é densa e vermelha. A praça é repleta de pés de caqui, um cenário admirável. Os caquizeiros, com suas folhas verde-escuras e frutos alaranjados criam uma atmosfera sombreada e acolhedora. As árvores carregadas de caquis maduros, prontos a serem colhidos, criam um contraste intenso com o verde ao seu redor. O cheiro agridoce exalado pelos frutos maduros e pela folhagem seca da praça é uma mistura inebriante de fragrâncias.

Os pássaros beneficiam-se dos pomos maduros e comem nas árvores e no chão, bicam por toda parte e fazem festa com a abundância de alimento. Os frutos liberam um aroma adocicado e suculento enquanto a folhagem seca contribui com notas terrosas e amadeiradas; tal combinação cria no ar uma sensação de outono evocando ao mesmo tempo calor e nostalgia.

Os ventos que vêm do sul sopram velozes e desorientados parecendo irromper dos quatro lados, mas convergem em um único sentido e produzem redemoinhos de poeira que se misturam às ramagens e folhas secas criando um pandemônio de material indistinto que desorienta os adultos e encanta a criançada. A garotada se joga no olho do pequeno furacão para desafiar sua força e sentir a dramática reviravolta de poeira e sujeira que a rajada varre das ruas.

"O Saci-Pererê mora no centro do redemoinho"; esse mito alucina a meninada que incita a balbúrdia do vento a revelar a imagem da afamada entidade. A transgressão da procela em fúria cria no ar um perfume que remete à transição das estações e à riqueza da natureza.

Ao longo do dia veem-se pessoas passeando sob os caquizeiros e desfrutando de suas sombras, ocasionalmente colhem caquis frescos e saboreiam sua carne vermelha e doce tal qual mel de Jandaíra. O chão, coberto de folhas e frutos maduros, cria um esplêndido tapete natural e, nesse lugar pitoresco e incongruente, comunidade e natureza se encontram para comungar as maravilhas do Criador, que se enche de alegria ao testemunhar a bela harmonia daquele caos.

Os plácidos visitantes que ali passeiam percorrendo a praça entrecortada por pequenas vias ora trianguladas, ora circulares avistam o imponente prédio do Seminário São Vicente de Paulo, cujos muros baixos simbolizam uma abordagem acolhedora e acessível da instituição para com a comunidade. A majestosa capela São Vicente recebe de portas abertas aos domingos os religiosos da cidade e os convida a participar da santa missa dominical, cheia de cânticos e louvores, coadjuvada pelos seminaristas, que proporcionam, com seus instrumentos musicais e suas vozes, um ambiente sacro contundente e magnífico.

Algo especial havia naquela tarde; era domingo, primeiro dia do mês, os raios do sol vespertino douravam o horizonte que se mesclava com o colorido de pipas dançando no céu, o sopro do vento produzia o farfalhar das folhas das árvores que ia sendo preenchido com risadas de crianças alegres correndo e brincando sob o olhar atento e observador de seus pais. Subitamente senti a mão de alguém tocando meu ombro e virei para me certificar:

— Tomaz, vamos, está na hora.

Era Justino me advertindo de que o horário de entrada se aproximava e eu deveria ir imediatamente.

— Já está na hora? O tempo passou ligeiro, que pena! — exclamei, pesaroso, pois o dia estava brilhante.

— Faltam 15 minutos, se não formos agora vamos nos atrasar e você conhece bem as consequências.

— Sim, eu conheço as consequências, vamos correr.

No primeiro dia de cada mês, seguindo o regulamento da escola, era permitido aos seminaristas saírem e passarem o dia fora do colégio, muitos iam até o mercadinho comprar balas e biscoitos, outros como eu e Justino preferíamos brincar na praça, comer um sanduíche na lanchonete e, às vezes, simplesmente andar pelas ruas da cidade conversando sobre assuntos alheios aos vividos internamente.

A rígida disciplina regulava o horário de retorno; 18h em ponto deveríamos estar de volta e nos apresentar. Cinco minutos após as 18h não seriam mais 18h, e sim 18h05, o relógio marcaria 18h05; portanto, quem ultrapassava aqueles números era severamente punido com um ponto a menos na nota de comportamento, punição sem chance de recorrer e nunca relaxada. As advertências eram classificadas em dois alertas antes da peremptória expulsão; o comportamento nota dez era o único aceitável, nota 9 em comportamento era o alerta amarelo e indicava perigo potencial e recomendação de cautela, nota 8 em comportamento era alerta laranja e correspondia a perigo total, a nota 7 era a expulsão imperiosa e incondicional.

As consequências eram duras demais para quem se atrasasse; portanto, eu e Justino começamos a correr para cumprirmos o horário do regulamento. Justino tinha as pernas curtas e andava com as pontas dos pés sempre voltadas para dentro, sua cabeleira loira de fios crespos e volumosos destacava-lhe aparência de uma fera indomável, mas tinha um imenso coração, generoso e amável; eu o admirava por sua integridade moral e me mirava em seus exemplos de assiduidade nos estudos. Eu era um fã de Justino e me divertia com aquele seu jeito espalhafatoso, nos tornamos grandes amigos; era afoito e barulhento, seus olhos azuis, normalmente esbugalhados, pareciam saltar do rosto enquanto ele corria com seus passos curtos numa repetição abrupta e frequente. Eu vindo atrás a quatro metros de distância analisava a lógica de Justino ser tão veloz e me divertia enquanto ele gritava em desespero:

— Corre mais rápido, corre... vamos nos atrasar.

— Estou correndo, a gente faz o que pode.

— Aperta o passo, mais rápido, não podemos chegar atrasados.

— Estou perto, estou chegando — dizia eu, esbaforido, enquanto tentava em vão acompanhar Justino. Minhas pernas eram mais compridas, mas eu não conseguia manter a frequência da repetição dos passos como fazia Justino, eu o invejava. Um pouco mais e passamos pelo portão de entrada dos carros, corremos até a ala do refeitório para logo em seguida entrarmos no prédio em tempo.

— Conseguimos — disse Justino suspirando aliviado. — Ainda faltam três minutos.

Eu ainda respirava ofegante, arcado e com as mãos nos joelhos, quando ergui a cabeça e olhei o grande relógio de parede propositalmente pendurado acima de um mural de vidro adiante da porta de entrada, ele marcava 17h57. Passamos ressabiados pelo diretor, ele nos olhou e franziu o cenho admoestando em seguida:

— Da próxima vez permitam a si mesmos tempo suficiente, não se pode esperar até o último momento, gastando até a última gota de energia para cumprir o objetivo.

— Sim, senhor diretor — respondemos em uníssono agitados e com pressa de sair de sua presença.

— Tomaz... — chamou o diretor.

— Sim, senhor.

— Sua camisa está rasgada.

— Eu sei, senhor.

— O que houve?

— Um galho de caquizeiro, senhor.

— Não é permitido andar amolambado no colégio.

— Eu entendo, senhor.

Os alunos do Seminário, um colégio em regime de internato, viviam no local seguindo uma rotina rigorosa de estudos, orações e atividades religiosas. Se preparavam todos os dias para serem futuros líderes religiosos na promoção da fé cristã e da caridade segundo os preceitos de seu patrono Vicente de Paulo.

A rotina era tão dura que nem os sistemas militares de ensino mais arrojados do país se comparavam em disciplina e nível educativo. Os estudantes aprendiam quatro línguas diferentes além do próprio Português; as práticas esportivas obrigatórias às quintas-feiras e domingos enchiam de meninos e rapazes os dois espaçosos campos de futebol, ladeados por altas árvores que emolduravam a paisagem. O verde exuberante do gramado do campo novo de futebol, divergindo do marrom dos troncos dos eucaliptos, assim como do campo de futebol velho de terrão, mais acima, gerava uma atmosfera natural e serena que contrastava com o frenesi dos jogos e dos gritos animados das torcidas. O lazer, sempre associado ao exercício físico, fazia-se especialmente necessário a todos com atividades intelectuais tão intensas.

A música era praticada com dinamismo e diligência. O coral de cinco vozes, respeitado e solicitado em eventos externos, era admirado por todos os convidados.

Os que ouviam atentamente se encantavam com os sons das obras dos grandes compositores; Aleluia de Handel ou a Nona Sinfonia de Beethoven eram executadas com primor e maestria para o deleite dos ouvintes. A formação cultural e religiosa no Seminário São Vicente era completa e inigualável, rigorosa e abrangente buscando criar líderes espirituais bem preparados para atender às necessidades religiosas e sociais da sociedade. O desenvolvimento de habilidades pastorais e de liderança seguido do aprendizado teórico filosófico formavam líderes religiosos e cidadãos que assumiam papéis importantes e valiosos, também em outras áreas profissionais.

Eu costumava fotografar todos os momentos felizes e memoráveis que vivia lá dentro; trazia sempre pronta comigo uma máquina fotográfica; registrava os eventos internos em que todos participavam, como as gincanas trimestrais, os jogos de futebol semanais, as brincadeiras na piscina; as festas de São João em junho; erguíamos uma epopeica fogueira de sete metros e solenizávamos a tradição; víamos as labaredas lamberem a lenha e gerarem o braseiro onde pinhão e batata-doce assados eram degustados com euforia.

— Minha máquina fotográfica não está funcionando, pode me emprestar a sua? — indagou Justino.

— A minha máquina... não a tenho, o Number One me pediu emprestada e ainda não devolveu.

Jacinto, o Number One, tirava sempre as notas mais altas do colégio, se aborrecia quando as avaliações bimestrais lhe davam um "desonroso" segundo lugar. Se em determinado bimestre ganhasse um terceiro lugar, seu mau humor era visível e inequívoco. Devido ao seu empenho lhe atribuímos carinhosamente a alcunha de Number One, porém era um amigo querido e admirado por todos.

— Number One está na biblioteca, vou passar lá e pegar de volta a minha máquina fotográfica — informei.

— Ótimo, preciso registrar alguns momentos no futebol — disse Justino.

A biblioteca ficava em uma sala que servia de passagem para a ala dos diretores e professores do colégio. Ela ficava no final do grande salão de estudos. Porém, se alguém estivesse no pátio externo, a ala dos professores seria passagem obrigatória para chegar até lá.

Desci as escadas do hall dos dormitórios no interior do colégio e saí para o pátio externo que dava frente para o refeitório. Alcancei a segunda escada com acesso direto à ala dos professores e comecei a subir. Meu intuito era dar a volta, passar pela biblioteca e entrar no salão de estudos.

A ala dos diretores e professores do colégio era imensa e se parecia a um hotel. As portas dos quartos viradas para o corredor eram muitas e se posicionavam umas defronte às outras. Ali ficavam os quartos onde os diretores dormiam e também recebiam os alunos para eventuais conversas sérias onde decisões importantes poderiam ser tomadas. Também serviam para a direção espiritual em caso de algum problema existencial.

Caminhei vagarosamente pelo corredor e ao passar pela porta de um dos quartos ouvi um gemido estranho, era um som pungente que vinha do quarto número 9, ele ficava quase de frente para a porta de acesso à biblioteca. Parei, auscultei por um momento e o som se desfez, ouvi então o murmúrio de vozes que se alternavam entre sussurros e sons indefinidos. Sem dar muita importância continuei até a biblioteca e encontrei Number One limpando e organizando os livros.

— Jacinto, preciso de minha câmera.

— Tomaz, ainda não terminei o trabalho, estou organizando tudo aqui e registrando a posição das obras para que eu possa mantê-las sempre nos mesmos lugares.

— Perfeito, você é muito organizado, mas preciso levá-la agora, amanhã após o futebol te empresto novamente.

— Não faça isso comigo — suplicou Jacinto.

— Há uma semana com ela e ainda não foi capaz de terminar? — protestei.

— Muito trabalho, estava uma bagunça.

— Façamos o seguinte: daqui a pouco será hora do jantar, você não precisará se preocupar por hoje. Amanhã eu a trago de volta no final da tarde.

— Tem razão, aqui está — concluiu Jacinto ao me entregar a câmera.

— Como está o filme?

— É de 24 poses, usei apenas 15.

— O resto delas será meu.

— Claro que não, ainda devo precisar.

— Taxa de empréstimo — falei zombando de Jacinto e ele ficou aborrecido. —Não se preocupe, vou exigir que Justino deixe ao menos dez fotos para você no filme dele.

A máquina fotográfica era uma Kodak antiga e o filme tinha que ser rebobinado toda vez, antes de ser sacado da câmera para ser revelado. Segurei-a nas mãos e ia seguir o meu trajeto para o salão de estudos quando, intrigado com os ruídos que ouvi no quarto número 9, resolvi voltar pelo mesmo caminho que fizera.

Passei pela porta e novamente escutei aquele tinido pungente. Será alguém doente? E agora o que faço? Se eu não ajudar, serei culpado por omissão de socorro. Olhei para o número na porta e identifiquei que era o quarto de padre Casimiro. Colei o ouvido na madeira e o som se fez mais nítido. Era um misto de dor e satisfação que eu não poderia compreender.

Todos os quartos tinham o mesmo leiaute; a entrada dava em um pequeno hall com um reduzido armário embutido do lado esquerdo e um banheiro à frente; um portal do lado direito era a passagem para o dormitório, que abrigava uma cama de solteiro encostada à parede lateral direita e o espaldar junto à parede do fundo.

Devagar e cuidadosamente girei a maçaneta, estava destrancada, empurrei a porta e me virei para o portal de acesso ao quarto; vislumbrei um cenário estarrecedor. Padre Casimiro, de costas para a entrada, estava nu e ajoelhado em sua cama. Tinha a mão direita apoiada na parede e a outra eu não conseguia enxergar. Suas calças estavam no chão e sua camisa aberta mostrava suas nádegas em um movimento frenético e oscilante de ida e vinda. No movimento de ir ele comprimia os glúteos e pressionava as nádegas para a frente, quando voltava ele as afrouxava alçando-as para trás. Repetindo inúmeras vezes a luxação e o aperto, ele rugia extasiado.

No início pensei se tratar de algum ritual desconhecido, mas depois, para meu espanto, reparei que havia alguém na frente de padre Casimiro, também nu com os joelhos e as mãos apoiadas no colchão em uma posição quadrúpede. Encurvei meu pescoço para melhor distinguir e vi que a outra mão de padre Casimiro enlaçava o indivíduo e se posicionava por baixo dele na altura dos quadris. Ele a agitava nas mesmas proporções chocalhando os punhos cerrados. Eu não conseguia vê-la, no entanto percebi pelo movimento que Casimiro chacoalhava qualquer coisa que segurava em sua mão. O som pungente que eu ouvira do lado de fora era oriundo do elemento em posição quadrupejante.

O que aquela pessoa estaria fazendo assim, e por que estariam desnudos? Fiquei alguns segundos diante daquela visão apavorante, atabalhoado diante da conjuntura curiosa e inusitada. Posicionei minha câmera no intuito de registrar o ritual e disparei. O disparo da câmera fez um clique e alertou Casimiro, que de sobressalto se virou para trás, apertei o dedo novamente e larguei um segundo clique, proveniente da operação da máquina. Casimiro pulou da cama e o infeliz em sua frente soltou um grito de dor. Abaixei a câmera e saltei para fora do quarto puxando a porta atrás de mim. Corri veloz pelo corredor, desci a escada cabriolando pelos degraus e enveredei pelo pátio. Entrei pela porta principal e subi novamente as escadas indo até o salão de estudos. Entrei ofegante e fui até a cadeira de Justino.

— Depressa, vamos até o campo.

Justino, ao ver minha expressão de horror, levantou-se e me acompanhou.

— O que aconteceu?

— Não faça perguntas.

Jacinto apareceu na porta da biblioteca e ainda presenciou nossa avidez. Se aproximou apressado para saber o que se passava.

— Não façam perguntas, vamos até o campo.

Saímos dali e percorremos açodados os corredores do prédio até a saída para os campos. Ao passar pela porta, corri mais ainda e os dois me acompanharam. Atravessamos o campo de futebol de terrão e cruzamos por entre alguns eucaliptos enormes e altos, descemos um barranco de mais ou menos cinco metros e fomos até a plantação de morangos que ficava do outro lado; no final da plantação nos escondemos próximo a um pé de mexericas. Quando me senti seguro, abri o jogo para os dois amigos.

— A situação é grave.

— Você parece assustado — observou Justino.

— Mais ainda, estou horrorizado.

— Conta logo — pediu Jacinto, o Number One.

— Entrei no quarto de padre Casimiro e ele estava nu.

— É o quarto dele, tem o direito de estar nu — observou Justino.

— Sim, ele tem direito, mas não o direito de ter na cama dele outra pessoa também nua.

Justino ponderou se eu tinha visto quem seria a outra pessoa. Respondi que não vira seu rosto, mas esperava que as fotos revelassem quem estava lá.

— Pelo menos você viu se era homem ou mulher? — provocou Jacinto.

— Não era mulher. Era outro homem — falei, convicto do que tinha visto. — E tenho as fotos aqui.

— Fiquem aí os dois. Comecei a tirar fotos de Justino e Jacinto, indiscriminadamente.

— Para que isso?

— Quero gastar as outras fotos restantes.

Jacinto acenou que estava certo. Terminaríamos com o restante das fotos, rebobinaríamos o filme e o retiraríamos da máquina para melhor proteção.

— Eu não posso ficar nem com a máquina e nem com o filme. Padre Casimiro virá na minha captura. É melhor que um de vocês fique com a máquina e outro com o filme. Guardem a sete chaves. Essa é a prova robusta e contundente do pecado dele. Estamos combinados?

Rebobinei o filme e o saquei da máquina. Entreguei-o a Jacinto e recomendei cuidado. A máquina entreguei a Justino e retornamos ao prédio. Aconselhei que não fôssemos vistos juntos e a partir dali seguimos por caminhos diferentes. Eu voltei passando pelo campo velho de terrão; os dois continuaram por um caminho "carroçal" que passava pela granja e seguia até a porta dupla de entrada do corredor principal da edificação.

Casimiro estava à minha espera na sala de jogos. Ele me espreitava de longe e calculou que eu teria que passar por ali para entrar no prédio. Quando me aproximei, ele enrubesceu e caminhou na minha direção. Me esquivei e não dei chance para que me tocasse.

— Espera aí, não corra ou a coisa vai se enfeiar para você.

— Você não me intimida — esbravejei.

— Onde está o filme?

— Em lugar seguro.

— Preciso que me entregue imediatamente.

— Não será possível.

— Não complique as coisas, rapaz.

— Você foi quem complicou as coisas quando...

Comecei a objetar, mas padre Casimiro me interrompeu.

— Venha ao meu quarto, temos que conversar.

— Negativo, não irei ao seu quarto.

— Vou fazer tudo o que estiver em meu alcance para que você seja terminantemente expulso do colégio.

— Sua ameaça não me amedronta, vou hoje mesmo tomar uma atitude a respeito do que vi em seu quarto.

Padre Casimiro avançou sobre mim e eu me preparei para o impacto.

— Nojento, asqueroso, execrável... Não encoste essas mãos em mim.

— Me entregue o filme.

— Não entrego — falei empurrando Casimiro e o afastando do meu corpo.

Casimiro gritou mais alto.

— Não assopre em brasa, moleque, não brinque com fogo, me entregue o filme já.

— Não está comigo.

— E com quem está?

Fiquei apreensivo, pois Casimiro sabia de minha amizade com Justino e Jacinto. Me vi temeroso imaginando a possibilidade dele insistir em buscar o filme no encalço dos dois amigos.

— Você tem uma hora para me entregar o filme.

— Ou o quê?

— Você terá graves consequências.

Padre Grimaldo era a pessoa em quem eu mais confiava. Era um homem justo e prudente. Era virtuoso e sábio. Saberia me proteger caso eu narrasse a ele o que vira e registrara. Corri até o seu quarto e bati na porta. Ninguém atendeu. Insisti e não obtive êxito. Voltei e me sentei no salão de estudos pensando em alguma possibilidade para solucionar o conflito.

*****

Aos dezesseis anos de idade, os hormônios estavam a todo vapor em meu organismo e agiam, em determinada instância, como protagonistas na transição para a vida adulta, as mudanças físicas e emocionais nesse período são inexoráveis e explícitas. Na pós-puberdade, onde eu me encontrava, começaram a surgir induções para estabelecer relações e cumprir responsabilidades. Ocorreria então, de modo quase espontâneo, a escolha da carreira profissional.

Após quatro anos em sistema de internato abriu-se em mim uma centelha de desejo por novas relações interpessoais, relações de trabalho e de outros estudos. Iniciei um processo introspectivo em busca de mim mesmo, de um melhor preenchimento do vazio que se instalou em mim em decorrência da necessidade de novos horizontes. Comecei a padecer com a insatisfação de não me sentir pleno. Até então a origem exata daquela aflição era obscura, mas comecei a buscar respostas nos anseios naturais que eu tinha; a necessidade de namorar, a necessidade de passear e conhecer outros lugares, a necessidade de conviver com o cotidiano, com o trivial, me sentir humano, presenciar as mazelas do mundo que eu desconhecia de fato.

Certamente que a vida pulsava no colégio, a disciplina era dinâmica, as atividades eram constantes e variadas entre os alunos lá matriculados e inseridos naquele cenário de devoção eclesiástica. No entanto, essa conjuntura conduziu a uma doutrinação satisfatória até que eu começasse a questionar outros aspectos da vida. Pensar em outras profissões, medicina como opção. Compreendi que continuar confrontando minhas convicções ideológicas, morais e religiosas me deixava menos vibrante com a vida lá dentro. Insistir nessa empreitada me faria definhar ou me transformaria em alguém irrelevante. Enchi meu peito de coragem e ousadia e não neguei a minha própria natureza de galhardia e bravura. Marchei até a peleja e convidei o diretor geral do colégio, padre Grimaldo Solano, para um diálogo aberto e honesto:

— Diretor, cheguei à conclusão de que minhas convicções morais não estão mais consonantes com a vocação religiosa.

Padre Grimaldo me olhou de um modo curioso, com os olhos fixos, e resmungou:

— O que te aflige, meu garoto?

— Analisei meus desejos pessoais.

— E então...

— Concluí que não concordo com o celibato.

— Acredito em ti, muita gente não concorda com o celibato.

— E por que a Igreja ainda insiste?

— São as regras.

— Regras duras demais — apontei.

— *Dura lex, sed lex.*

— Diretor, me responda, por favor.

— Sim, pergunte.

— Se o celibato fosse abolido, a Igreja poderia debelar de vez o sério problema da pedofilia entre os clérigos?

— Existem pedófilos por toda parte na sociedade, entre os leigos.

— Entendo, mas nos locais onde os padres atuam com mais presença, se eles fossem casados, suas necessidades sexuais seriam satisfeitas e não abririam espaços para fantasias oriundas da carência.

— Humm... Apesar de anuir à lógica das tuas ideias, acredito que a Igreja enfrentaria outros tipos de problemas com os padres, se fossem casados.

— Talvez encontrassem uma saída mais honrosa para esses "outros tipos de problemas" em vez de insistir subsistindo com um crime hediondo.

— Meu filho, o celibato é um voto necessário e obrigatório.

— Os pastores não adotam esse sistema.

— É somente para os padres da igreja católica.

— Estou ciente das regras, diretor.

— Sendo assim, não temos mais o que discutir — evidenciou padre Grimaldo.

— Mas é exatamente por isso que estou aqui — afirmei.

— Por quê?

— Por discordar do celibato.

— Todos temos o sacrossanto direito de discordar — brincou.

— Concordo com o direito de discordar — emendei sorrindo.

— E o celibato é a única causa do teu desconforto? — retrucou o padre, ressabiado.

— Não... tenho algumas dúvidas também sobre Jesus.

— É natural...

— Eu achava que não.

— As tuas dúvidas são honestas?

— Creio que sim.

— Quais são as tuas dúvidas sobre Jesus?

— Sobre sua divindade.

— Sobre Jesus, sobre sua divindade?... — ponderou Grimaldo.

— Sim. Quando mesmo foi estabelecida a divindade de Jesus?

— Jesus nasceu Divino.

— É o que me fazem pensar, mas a História tem outro aspecto.

— Que aspecto?

— A divindade Dele foi estabelecida após sua morte.

Padre Grimaldo levantou-se de sua cadeira roçando o queixo com uma das mãos e demonstrou espanto ao ponderar:

— Conheces bem as sagradas escrituras.

— Claro, eu as leio todos os dias.

— Não deverias alimentar tais dúvidas.

— Não tenho dúvidas sobre as sagradas escrituras. A História é que suscitou em mim esse questionamento — repliquei, incisivo e seguro de que em alguma passagem da História eu havia lido sobre Constantino e a convocação do Concílio de Niceia.

No decorrer do nosso diálogo, padre Grimaldo Solano, diretor-geral do colégio, se mostrou cada vez mais perplexo e assombrado; eu suspeitava se era por causa de minha inquietação moral ou devido à minha precocidade intelectual.

Padre Solano, como era comumente chamado pela maioria dos alunos, era um homem paciente e querido por sua facilidade em compreender as pessoas. Seu alto nível intelectual era difundido e admirado por todos, sua fisionomia era um tanto grotesca, de ascendência polonesa, tinha o sotaque carregado e falava sempre na segunda pessoa do singular, mas tinha uma concordância verbal imaculada. Trazia as costeletas grandes e bem conservadas até perto da boca, seus olhos tinham um tom de azul esquisito que muitos juravam serem verdes, um nariz grande e pontudo segurava seus óculos quadrados de lentes grossas esverdeadas, sua voz era mista, algumas vezes estridente e outras vezes falava tão baixo que era difícil escutá-lo.

— Meu menino. — Era um costume de padre Grimaldo se referir assim aos garotos do colégio.

— Sim, senhor?

— Sou bem capaz de predizer…

— Estou ouvindo, padre.

— Reconheço que tu estás bastante resoluto quanto à decisão que estás prestes a tomar.

Olhei desconfiado para o diretor e percebi que ele não conseguia disfarçar seu desconforto em debater comigo aquelas ideias. Era um de nossos preceptores, e era tarefa sua, como a de todos os demais professores do colégio, ensinar-nos e doutrinar-nos a respeito da fé e da caridade, mas a liberdade de expressão, e sobretudo a liberdade de pensamento, eram atributos sublimes dentre as virtudes da didática praticada nos salões de estudo e salas de aula do colégio São Vicente.

Padre Grimaldo não se irritou comigo; pelo contrário, se mostrou complacente e solícito.

— Eu tenho percebido de fato que tu andas acabrunhado pelos corredores.

— Nem sempre fui assim.

— Concordo contigo.

— Tenho motivos para tal — afirmei.

— Todos acreditamos ter motivos para sermos tristes, por que não acreditar que temos motivos ainda maiores para sermos alegres?

— No meu caso, esse abatimento aconteceu involuntariamente.

— Não acreditas que ser triste ou alegre seja uma mera questão de escolha?

— Acredito que a alegria e a tristeza sejam como a água em um pote, transborda quando o interior está cheio.

— Humm… — resmungou o diretor sem qualquer concordância.

— Não concorda comigo?

— Em parte sim — respondeu o padre.

— E qual é a parte que não? — insisti com o intuito de provocá-lo a elaborar uma resposta que complementasse meu argumento.

— Analise comigo, um recipiente quando cheio demais transbordará o que tem dentro.

— Certo.

— Se é água transbordará água, se for azeite, transbordará azeite, mas se for perfume…

— Transbordará perfume — completei.

Nesse momento ele olhou para mim indagativo com um olhar maroto…

— Disseste bem, transbordará perfume... E quem enche o próprio pote põe nele o que deseja pôr. Enche teu pote com alegria até que transborde alegria.

— E viver alegre é viver sorrindo?

— O sorriso normalmente exprime alegria, mas nem sempre sorrir significa estar alegre.

— Me explica melhor, por favor.

— Existem vários tipos de sorrisos.

— Humm...

— Vamos lá... O sorriso sedutor, aquele representado por Monalisa. O sorriso qualificador, quando você é portador de uma notícia difícil. Há também o sorriso de medo. O sorriso de comoção, quando nos emocionamos. E o sorriso de Duchenne, sabe qual é?

— Não faço ideia.

— É o sorriso mais amplo que existe, ele realmente expressa alegria.

Olhei cabisbaixo e me calei. Eu não tinha a intenção de confrontar Grimaldo com tais argumentos, ele tinha certeza do seu ponto de vista positivo e jamais aceitaria minha negatividade; aliás, apesar de tentar justificar minha agonia, no fundo eu concordava com ele e sabia que um olhar negativo sobre mim mesmo pouco ou nada me ajudaria; ao invés disso, me tornaria amargo e destilando amargura por onde eu andasse.

O diretor apoiou-se nos dois braços laterais de sua cadeira e respirou fundo. Antes de se levantar soprou um lufo de ar em minha direção, seguiu lentamente até a sua janela e lá permaneceu por alguns segundos, calado e com o olhar fixo para o lado de fora a espreitar os enormes eucaliptos que exalavam seu aroma refrescante e mentolado.

O cheiro agradável inundava o quarto e era sugado por padre Grimaldo Solano, que inspirando profundo aproveitava cada molécula de perfume oferecido gratuitamente pela natureza. Era excêntrico presenciá-lo absorvendo a fragrância terapêutica vinda de fora. Subitamente, de punhos cerrados e batendo repetidas vezes no parapeito da janela ainda aberta, o padre sussurrou conservando seus olhos fixos no horizonte, "não importa, não importa, não importa"... Persisti calado a observá-lo naquele transe inexplicável e medonho: "Não importa, não importa"... meio confuso levantei-me da pequena poltrona onde eu me acomodara e me atrevi a interrompê-lo com a voz quase embargada:

— O que é que não importa, padre Grimaldo?

Ao ouvir a minha voz ele parou instantaneamente, se virou para o meu lado e me encarou de frente, andou com passos largos até onde eu estava e pousou as duas mãos sobre os meus ombros, olhou dentro dos meus olhos com tal intensidade que parecia enxergar minha alma; petrifiquei, mas em tom melancólico e suave ele exclamou:

— Não importa se a divindade de Jesus foi reconhecida, criada ou estabelecida após sua morte, não importa!... O que importa realmente é o legado divino e transcendental de redenção que Ele nos deixou. Por isso, não te impressiones tanto, viva em paz, seja um homem bom onde quer que estejas, imite Jesus... Deixe um legado para a humanidade.

Ouvi calado e abaixei os olhos envergonhado, assim ficando por alguns instantes.

O diretor esperou até que eu erguesse os olhos:

— É claro que queremos que fiques conosco até que completes a tua formação, mas a última decisão a respeito da tua vocação... é tua, esse chamado interior tem que vir de dentro de ti e de ninguém mais.

Acenei com a cabeça num gesto afirmativo, concordei.

— *Mea voluntas dominatur...* — respondi em latim para maior espanto do diretor, que argumentou inebriado:

— *Vereor voluntatem tuam...* Meu filho...

E num abraço fraterno e respeitoso, cheio de gratidão, me despedi de padre Grimaldo Solano.

Antes de sair entreguei-lhe com cuidado uma pequena caixa embrulhada em papel celofane com um bilhete escrito em folha de caderno que dizia:

Deixo em suas mãos a obrigação de corrigir um mal que se entranhou em alguns clérigos de maneira sórdida e descontrolada. Desde já, obrigado pelo seu grande senso de justiça.

Fechei com cuidado a pesada porta do quarto do diretor e me dirigi ao grande hall que terminava no início da escada que levava ao piso térreo. Na primeira plataforma de descanso após seis degraus havia um enorme relógio carrilhão de coluna. Olhei para o relógio e lamentei que aquela seria talvez a última vez que eu o veria. Após descer todos os degraus da escada havia uma porta dupla; era a comunicação para uma calçada coberta, com acesso ao pátio entrecortado por passarelas diagonais.

Pequenas e abundantes pedras brancas pavimentavam as passarelas, contrastando com a grama bem cuidada que ladeava a imagem caiada do sagrado coração de Jesus sobre um pedestal piramidal. As passarelas saíam de um determinado ponto e convergiam para a estátua ao centro criando uma figura geométrica interessante, especialmente quando olhadas de cima.

Ao passar pela imagem de Jesus com o coração exposto fui tomado de uma intensa melancolia que eu não sabia explicar. Eu parecia buscar uma catarse. Uma mescla de saudade e incerteza do futuro de repente me assolou e, subitamente, abatido por aquela complexa agonia, sem poder seguir em frente, me sentei ali colado ao pedestal e chorei um choro convulsivo e ininterrupto, seguido de soluços tão espontâneos que eu não conseguia atravancar.

Passado um tempo quando as lágrimas secaram, persisti parado, sentado com os joelhos próximos ao peito e os braços abraçando as pernas, de olhos fechados, absorto em pensamentos por tempo que não ousei estimar até que a brisa fria da tarde anunciou que a noite se aproximava e eu devia partir.

*****

Depois desse tempo, em todos os lugares por onde andei, tive a oportunidade de pôr em prática os valores que aprendi no colégio. Quando perguntavam sobre minha educação, eu dizia com orgulho: "Fui educado em um âmbito de intelectuais e amestrados estudiosos".

Lá aprendi que Platão ensinava muito mais que filosofia e foi o fundador de uma das primeiras instituições de ensino superior do mundo ocidental; combinava filosofia com habilidades de governo para liderar de maneira justa e sábia. Aprendi que Sêneca enfatizava a importância de controlar as emoções e desejos; promovia a autodisciplina como meio de alcançar sabedoria e paz interior.

Mais tarde na vida, pude constatar por mim mesmo o que havia aprendido estudando Sêneca, sobre a resiliência e a importância de enfrentar desafios e adversidades com coragem e fortaleza. Esse filósofo estoico romano ensinava o valor do aprendizado como busca constante. Com Sócrates aprendi que a origem de muitos erros está na ignorância e que a autocompreensão é essencial para uma vida virtuosa.

CAPÍTULO II

A SABEDORIA DAS RUAS

A pequena cidade de Palmácia, com suas ruas de paralelepípedos e casinhas coloridas, se aninha no coração do Maciço de Baturité. Setenta e três quilômetros é a distância que a separa de Fortaleza, capital do estado do Ceará. Protegida por uma cadeia de majestosas montanhas que como um enorme pássaro verde de asas abertas afagam a pitoresca cidadela circundando seu perímetro e proporcionando um cenário vivo e espetacular. O ar fresco da serra e a brisa constante brotando do céu inundam suas vias e praças e fazem da cidade um santuário charmoso e romântico.

Às 10h da manhã daquela Quarta-feira Santa ensolarada de outono do ano de 1981, o velho ônibus que vinha de Fortaleza parou ao lado da matriz para o desembarque dos passageiros. A condução era velha e desconfortável, seus assentos revestidos de napa carmim desbotada apresentavam buracos nos tecidos e cortes transversais nas poltronas deixando à vista a espuma surrada e encardida dos bancos. O assoalho empoeirado revelava a cor das estradas de terra por onde trafegava e parecia nunca ser limpo para melhor acomodação dos viajantes. Fortaleza não era distante, no entanto a condição do "canudão de lata", como era comumente apelidado o velho ônibus, transformou a viagem em uma longa jornada de baques e sacolejos.

Desci ressabiado, olhando para a frente e para os lados. Ainda transtornado pela exaustão do trajeto, fui pegar as minhas malas no bagageiro. Uma mala grande quadrada de fibra marrom que tinha uma alça metálica bem ao meio de uma das laterais; outra mala média que eu havia adquirido de última hora, pois meu enxoval no colégio São Vicente contemplava também roupas de cama e banho. Dobrei e apertei bastante os lençóis e as toalhas para que coubessem na bagagem.

Junto a alguns apetrechos que ganhei dos grandes amigos que lá deixei, havia sapatos e roupas. Eles se despediram de mim me presenteando com alguns mimos pessoais para que eu os trouxesse sempre em minhas recordações.

As malas pesavam e não dei conta de carregá-las sozinho, então pedi ao motorista que me ajudasse a levá-las até a porta da igreja onde eu esperaria por meu pai, que prometera me buscar e levar para casa. O motorista, apressado e afoito para seguir viagem, chacoalhou no ar, na altura das orelhas, os dois dedos indicadores deixando clara sua negativa, depois me respondeu que não tinha tempo para carregar malas e ajudar todas as pessoas que viajavam com bagagens pesadas.

Não me restando alternativa, comecei a arrastar as malas até os degraus da grande escada descansando-as pouco a pouco no chão de pedras. O motorista entrou no ônibus e uma fumaça espessa vinda dos escapes do motor poluiu a cidade. Eu já tinha me aproximado dos degraus da grande escada quando o motor do ônibus silenciou e a porta se abriu deixando ver a camisa esvoaçante do carrancudo motorista que a ajeitava para dentro das calças de tergal azul enquanto caminhava rápido como um lacaio no sentido onde eu estava. Sem dizer palavra apanhou a mala grande e saltando os degraus de dois em dois como um atleta orientado, depositou próximo à amurada de balaústres a minha bagagem; eu estava ainda subindo os degraus na metade da grande escada quando ele voltou passando por mim sem me olhar.

— Obrigado! — gritei em vão, pois ao me virar e olhar para trás, a porta do ônibus tinha se fechado. Lamentei por ele não ter me ouvido, assim mesmo girei no ar uma das mãos e acenei em agradecimento. Em seguida soltei a mala média de fibra marrom no degrau da escada e juntei as palmas das mãos em um gesto de gratidão, ele olhou para mim cerrando os lábios, fez um aceno vertical com a cabeça e, sem sorrir, engatou a marcha.

Agradeci ao motorista pela nobre atitude e retomei a subida dos degraus até alcançar o topo onde havia um banco de madeira próximo à porta de entrada, em um elevado. Após subir um lance de escada de três degraus e outro maior de dez degraus da grande escada, me sentei no banco de madeira e fiquei a espreitar a cidade observando o povo pacato que por ali transitava.

Percebi que a porta da Igreja de São Francisco se encontrava aberta. Reparei na fachada e observei que se tratava de uma construção antiga, porém de pintura conservada e de bom aspecto. Havia quatro colunas que a princípio pensei serem de madeira talhada, bem pintadas de cor diferente das paredes, em um contraste esteticamente harmonioso; três cruzes haviam sido instaladas na frente da igreja, uma era maior bem ao centro sobre uma espécie de campanário e outras duas menores afixadas, uma de cada lado, nas pontas por sobre as colunas.

Ao meio, sobre duas outras colunas, dos dois lados da cruz central da matriz, foram instaladas duas hastes que me lembraram os para-raios que havia no Seminário São Vicente, e que protegiam a construção em momentos de chuvas com trovões e relâmpagos frequentes em certas estações do ano. Bem no centro abaixo da cruz central havia uma abertura que alojava um grande sino de bronze tratado. Uma rajada momentânea de vento empurrou o badalo até se chocar com as paredes de bronze do sino e um som melodioso e sobrenatural foi produzido atingindo os meus ouvidos e provocando uma doce lembrança da capela do Seminário onde tantas vezes o mesmo som celestial fora concebido.

Caminhei devagar até a porta da igreja para espiar o seu interior; ao fundo um altar singelo sobre um presbitério modesto destoava da magnitude exterior da matriz. Na parede atrás do altar havia três nichos iluminados, os três do mesmo tamanho e distando um do outro nas mesmas dimensões; no nicho do centro estava a imagem de São Francisco, digníssimo padroeiro da cidade de Palmácia e também honorável patrono da igreja matriz, que levava o seu nome. À esquerda estava a estátua de São José e à direita uma imagem da Imaculada Conceição do mesmo tamanho das demais.

Pela perspectiva de quem olhava da porta de entrada para dentro da igreja matriz, à esquerda da figura de São Francisco e abaixo do degrau do presbitério, havia um altar colado à parede e acima dele estava a imagem de Jesus; do outro lado da nave, após passar pelo corredor dos bancos e à direita de São Francisco, a imagem da virgem Maria se erguia acima de outro altar. Ao espreitar as imagens senti uma inocente vontade de rir para mim mesmo, cogitando que, em eventual adversidade, São Francisco estaria bem amparado ali, ladeado pelos donos do Céu que, aliás, transparecendo ética, respeitosamente lhe cediam o nicho do centro, apresentando-o à comunidade e humildemente concelebrando os respectivos rituais litúrgicos.

O interior da igreja não apresentava nenhum monumento grandioso que atraísse minha atenção; aquele ambiente sacro e silente havia sido até bem pouco tempo atrás um habitat natural para mim. Empurrei a porta para que abrisse um pouco mais e pensei em entrar para melhor observar quando ouvi um som de buzina, um "bip bip" velho conhecido; era o carro de meu pai encostando para me buscar.

Meu pai não pareceu surpreso em me ver, era um homem que não revelava seus sentimentos tão facilmente, me deu um abraço forte e me ajudou com as malas.

— Então você deu baixa no serviço religioso, ãh?! — exclamou zombeteiro.

— Não foi uma decisão fácil — retruquei com um leve sorriso.

— Onde está mamãe? — perguntei, indignado por ela não estar presente para me buscar.

— "Tua mamma" está em casa, não pôde vir.

— Coisas importantes a fazer?

— Ela está sempre ocupada, você sabe como é.

— E a chegada de seu filho não é tão importante assim, não é mesmo? — ironizei.

— Ela está sempre ocupada — repetiu meu pai parecendo não dar importância às minhas observações.

— Como foi a viagem?

— Foi boa — abreviei minha resposta.

Entramos no carro e o cheiro da gasolina me deixou nauseado, eu tinha uma vertigem irritante quando viajava de carro; os enjoos eram constantes. No resto do caminho até minha casa permaneci calado. Reservei-me o direito de fazer greve de silêncio evidenciando o meu descontentamento; meu pai não insistiu, se limitou a perguntar se estava tudo bem, ao que eu respondi com um aceno positivo com a cabeça e seguimos por uma rua lateral que contornava a cidade. Passamos pelo campinho de futebol onde alguns meninos brincavam com uma bola de plástico branca. Lembrei das partidas interclasses que jogávamos no colégio e os vibrantes campeonatos anuais envolvendo todos os alunos. Os times eram democraticamente formados por uma comissão e os jogos disputados com empenho e energia.

Mais alguns metros e vi à minha direita um lago de águas escuras que imaginei ser um pesqueiro, naquele trajeto a rua era de pedras *pé de moleque* e o carro trepidava, algumas vezes balançava de um lado para outro amplificando o enjoo que eu sentia e segurava, para não jorrar uma indesejada golfada esvaziando meu estômago; seria um vexame intimidador demais, por isso tentei respirar fundo e olhar a paisagem para me distrair daquele desconforto.

As casas eram na sua maioria simples com pé direito baixo e uma arquitetura sem qualquer inovação. Os quintais sempre enormes e repletos de frutas de variadas espécies. Eu vi também intermináveis muros em algumas propriedades e ponderei sobre a necessidade deles em uma cidade aparentemente inocente e pacífica. Meu pai dirigia calmamente e após entrar numa viela descalça parou diante de uma casa imponente, com um muro baixo de alvenaria e uma grade de ferro de hastes pontiagudas como se fossem pontas de lança; havia apenas um pequeno portão de entrada todo de grade do mesmo desenho.

— *Andiamo* — disse meu pai, sorrindo e olhando para mim com olhos bem abertos quando chegamos em casa.

Eu estranhei a casa, não parecia mais a casa que eu deixara quando me fui aos doze anos de idade; olhei desconfiado e meu pai percebeu minha inquietação.

— Passou por uma reforma recentemente, é natural que você desconheça.

Mesmo sendo uma casa grande para os padrões da pequena cidade, para mim tudo pareceu ter encurtado, depois entendi o motivo daquela perspectiva; eu estava acostumado com a imensidão das dimensões do colégio, onde tudo era grande, os salões de estudo, o refeitório, intermináveis corredores e até os degraus das largas escadas davam a impressão de serem mais altos...

Entramos pela sala e fomos direto à cozinha onde eu vi minha mãe e meus irmãos, quase todos em casa à minha espera. Minha mãe me abraçou contente e me mostrou a mesa farta que tinha preparado para me esperar; senti vergonha de mim mesmo por me chatear quando não a vi na igreja onde eu a aguardava; minha mãe tinha maneiras *sui generis* de amar. Mostrar cuidados e serviços era uma delas, examinei a mesa com o olhar enviesado e compreendi o motivo de sua suposta omissão; em silêncio lhe pedi perdão e a beijei com gratidão e carinho.

Meus irmãos me olharam curiosos e não tive como escapar de alguns comentários brejeiros; éramos dez irmãos, família numerosa, sempre houve entre nós um espaço reservado ao sarcasmo dentro da relação de afeto; me esquivei facilmente. Eu considerava inocentes as picardias da minha família e optava pela prevalência do bom humor em casa além de sempre participar da mesma forma com alguma alfinetada em certos episódios das vidas deles. O que importava era o sentimento de união doutrinado e fortalecido por minha mãe, que defendia a conexão e a união da família em qualquer circunstância.

Naquele ano eu estaria desobrigado das práticas rituais da igreja católica durante a Semana Santa. Apenas me fiz presente como expectador nas cerimônias. O lava-pés da quinta-feira, a via-sacra da sexta, o acender do sírio pascal no Sábado de Aleluia e as celebrações da Páscoa no domingo requisitavam participação obrigatória dos seminaristas do colégio São Vicente; agora eu era um leigo, apenas uma pessoa entre os comuns, eu era secular e comprazia-me dessa condição.

*****

Após minha chegada, os dois anos que se seguiram foram a garantia de um aprendizado diferente; a sabedoria que vinha das ruas era tão necessária para a minha vida quanto a sabedoria que vinha dos livros e das escolas. As escolas ofereciam o ensino, as ruas impunham o aprendizado. Ou eu aprenderia ou teria que perecer, pois as ruas não perdoam, se eu não perdesse a minha inocência por vontade própria, as ruas a tirariam de mim a duras penas. A sabedoria das ruas é que me ensaboa e enxágua e me prepara para enfrentar as adversidades da vida com destreza e sem perder o entusiasmo.

Os feriados da Semana Santa se passaram e já era hora de voltar a estudar; me matriculei na escola da cidade para dar continuidade aos meus estudos. Na minha classe conheci Robert e me tornei seu amigo; Robert sabia muito das ruas, conhecia a "malandragem" de cada esquina e debochava de mim por eu ser tão ingênuo em assuntos sexuais.

— Anda comigo que eu vou te ensinar, você precisa encontrar uma namorada.

Apesar de sermos quase da mesma idade, um ano apenas de diferença e eu era o mais novo, Robert passou a ser o meu mentor em assuntos de rua; ele curtia rock e fumava maconha. Me ensinou a fazer uma "marica" para fumar a guimba do cigarro; retirava a gavetinha da caixa de fósforo, fazia um buraco na parte de cima e depositava lá a bituca. Com o dedo indicador em horizontal tapava um lado da caixa e fumava pelo outro, assim não queimava os lábios ao puxar para dentro da boca a fumaça inebriante.

Com Robert, comecei a entender de rock e a conhecer as bandas de sucesso daquela época. Frequentei as festinhas — as tertúlias do bairro — e aprendi a beber "cuba libre" para me encorajar e perder a timidez diante das meninas.

A primeira caipirinha que fiz, aprendi com Robert. Ele me dizia também que ingerir muita água juntamente com a bebida alcoólica ajudava a evitar a embriaguez.

— Você já beijou na boca?

Era constrangedor ter que responder.

— Não, nunca beijei na boca.

— E transar, também não? — indagou Robert fingindo espanto.

— Nem nunca cheguei perto de mulher — respondi com um sorriso tímido.

—Já viu uma mulher pelada?

— Só em revista, na casa do meu primo em Belo Horizonte.

— Então você nunca ficou pelado junto a uma mulher? — Robert se divertia ao notar minha timidez.

— Só quando eu nasci, eu estava pelado e a mulher também.

— Engraçadinho — disse Robert entediado.

Bastaram dois meses para que minha nova experiência se concretizasse; Robert se incumbiu de me orientar dos pequenos detalhes, que, sinceramente, não serviram de nada. A mulher tinha a pele morena, não era feia nem bonita, era alguém do sexo feminino; essa era a minha lógica, que nem dependia de análise, era mulher e isso me bastava.

Seguimos por um beco estreito cheio de portas de um lado e outro até pararmos em frente a uma delas. Era uma porta azul com um número no meio pintado em tinta preta.

— Esse é o meu quarto — disse a mulher sem que eu perguntasse. A porta rangeu e esbarrou em um ressalto do piso feito de cimento pintado com óxido de ferro vermelho; ela empurrou com força e entramos, para, em seguida, já dentro do quarto, eu puxar forçando a maçaneta de bola afrouxada pela repetição, para encostar a porta no batente e girar a chave sem verificar a tranca.

Lá dentro eu podia ver uma pequena cama regularmente arrumada com um lençol branco amarelado com desenhos de pequenos patos azuis nas bordas; havia um travesseiro baixo com a fronha decorada pelos mesmos desenhos na trama do tecido. Uma pequena mesa estava ao lado da cama e sobre ela um jarro terracota com flores naturais exalando um cheiro de rosas que se misturava ao mofo úmido do quarto. O telhado à vista mostrava o clarão da noite através de frestas nas telhas velhas e desarranjadas. Do caibro de madeira descia bem do centro do teto um fio elétrico que tinha na ponta um bocal e uma lâmpada incandescente fraca que a mulher acendeu ao tocar o acendedor na parede ao lado da porta.

A luz fraca criou uma penumbra sinistra, suficiente apenas para deixar ver as paredes de cor bege com a tinta craquelada nas proximidades da porta. Do lado esquerdo do quarto havia uma pequena janela de metal, corrediça com vidro corrugado, que não poderia ser completamente aberta, pois um armário velho de madeira avermelhada e escurecida bloqueava parcialmente uma das laterais impedindo-a de correr no trilho.

Ela tirou a roupa e eu segui seu exemplo tentando demonstrar naturalidade e experiência. Se deitou com as pernas abertas na pequena cama, no canto do quarto, e eu parti para a luta sem a menor noção de como proceder. Um general sem tropas ou um santo sem auréola, eu nem entendia se definira bem a situação; contudo, essa foi a minha conclusão de um homem sem experiência sexual em um quarto, nu com uma mulher também nua. Fiquei completamente perdido naquele episódio. Estava feito criança; de fato, um menino de dezesseis anos de idade recém-saído de um internato não teria a pretensão de ser diferente. Era impossível enganar aquela mulher em tal atividade, ela acabou percebendo e sendo condescendente...

A relação foi tão ruim que eu ponderei em silêncio... "Talvez masturbar seja melhor". Mas fiquei imensamente grato pela complacência daquela mulher que me tratou com a dignidade que eu merecia e me ensinou o beabá do sexo sem deboche e sem me constranger; somente que, em uma única vez, pois, após me refestelar, ousei perguntar a ela:

— Já acabou, é só uma vez?

Ela respondeu matreira:

— Negócio é negócio, gozou, sai de cima e desocupa, se quiser mais uma vez tem que pagar de novo.

— Foi muito rápido, não senti o prazer que eu esperava.

— E o que você esperava?

— Não sei explicar, mas… que fosse diferente.

— Diferente de quê, menino, você já me fodeu uma vez.

— Então é isso que é foder?

— Olha aqui…

A mulher começou a se irritar e dei um jeito de sair rápido de lá antes que houvesse consequências. Me lembrei de haver lido algo parecido sobre as prostitutas americanas que utilizavam um dito popular mais ou menos análogo à situação, *"no money, no music"*, se referindo ao pedido por sexo gratuito.

Sinceramente, foi suficiente pra mim. Vesti minha roupa e saí de lá sem olhar para trás e prometendo a mim mesmo nunca mais voltar. Robert me esperava na saída e ao me ver sorriu arisco.

— Gostou?

— Foi bom — falei encurtando minha resposta.

— Essa zona aqui não é muito boa, vou te levar em uma melhor da próxima vez — prometeu desconfiado.

— Não precisa pensar nisso, não vai ter próxima vez, nem agora e nem nunca mais.

— Opa, acho que a coisa não aconteceu como você esperava.

— Sim, foi exatamente como eu esperava — ironizei.

Decidido a nunca mais me envolver em tal travessura, me despedi de Robert e caminhei aturdido e frustrado até chegar em casa.

O outro amigo por quem eu tinha grande estima era Sérgio; era branco e tinha os cabelos negros encaracolados. Muitas tardes passamos estudando em sua casa. Sérgio era pobre e morava em um barraco geminado com outras construções na periferia da cidade. De vez em quando, enquanto estudávamos, ouvíamos brigas de casais e até "arranca-rabos" na vizinhança: "Punheteiro, eu... você não come mais, não. Não dou mais para você", ouvimos certa vez da vizinha dos fundos xingando o marido que retrucava: "mulher, tu não sabes ser amada, quanto mais eu digo que te amo, mais tu me maltratas, um dia eu me canso". No entanto, as discussões acaloradas dos casais na maioria das vezes se desfaziam rápido.

Sérgio tinha uma irmã muito bonita, a Flávia; tinha as pernas torneadas e um corpão. Flávia era a irmã mais velha de Sérgio; eu flertava com ela e ficava animado toda vez que a via. Ela gostava de me atiçar, pegava um livro ou revista e fingia estar lendo ao se sentar em uma cadeira na minha frente com uma saia vermelha de pano mole; ficava abrindo e fechando as pernas só para ver minha aflição; fingia não se dar conta do que se passava comigo, o que aumentava ainda mais a minha agonia. Robert a conhecia e dizia para mim: "Você só vai conseguir comer a Flávia se namorar com ela, pois ela não dá para qualquer um, eu mesmo já tentei e não consegui". Nunca consegui namorar a Flávia, ela me tentava de todas as formas para depois me esnobar e intimidar.

Tomé era engraçado, era preto e magro, tinha quase um metro e noventa de altura e sua mãe ralhava constantemente com ele por causa das cachaças que bebia. Nos tornamos amigos depois que ele resgatou minha bicicleta que tinha sido roubada.

— Ei, rapaz, não se preocupe, eu conheço os caras.

— Quem é você?

— Meu nome é Tomé, eu vi quando eles roubaram sua bicicleta.

— Levaram meus cadernos também.

— Não se preocupe, vamos pegar tudo de volta.

Na tarde anterior eu vinha da casa de Sergio, onde fui estudar, pois era período de provas. Fui abordado por alguns malandros que pertenciam a uma gangue na rua de baixo.

— Essa bicicleta é minha — disse um deles.

— Não, senhor, essa bicicleta eu ganhei de meu pai — retruquei.

— Você está mentindo, me entrega a bicicleta — advertiu um dos marginais.

— Não entrego, não. É minha.

— Me entrega a bicicleta ou você vai apanhar muito.

— Não entrego nem que eu morra.

Tentei pôr meus pés nos pedais rapidamente para sair em fuga, mas desferindo um chute na minha perna, um dos rapazes agarrou no guidão da bicicleta e o outro segurou o meu braço. Um terceiro me puxou para fora do selim e eu caí deitado. Me escorei com as palmas das mãos no chão enquanto tentava, em vão, resgatar minha mochila com cadernos e livros. Um deles correu empurrando a bicicleta pelo guidão e mais adiante se sentou no selim e pedalou. Os outros dois correram a pé e dobraram a esquina. Nem pensei em ir atrás deles, pois era um contra três.

— Eu estava ali no mercado e vi tudo — falou Tomé.

— E que plano você tem para recuperar as minhas coisas? — perguntei.

— Vamos lá na casa deles hoje de noite.

— Só eu e você? — indaguei ressabiado.

— Faremos assim: eu passo na sua casa às 23h, vista calça e camisa pretas e traga também uma corda, vamos precisar.

— Quantos metros de corda?

— Uns quatro metros. Traga também meio litro de cachaça e dois limões.

— Eu só tenho camisa preta, não tenho calça.

— Encontre uma e… Vai calçado, talvez precisemos correr.

— Como pensa em fazer, Tomé?

— Às 23h passo na sua casa e imito um bem-te-vi.

— Mas… bem-te-vi não canta de noite.

— Por isso mesmo, quando ouvir um bem-te-vi cantando às 23h vai saber que sou eu.

— Combinado — aceitei sem entender.

Já era meia-noite quando chegamos à casa do ladrão. Espreitamos para nos certificarmos de que não houvesse ninguém acordado. Tomé me disse para me esconder e esperar do outro lado da rua; pulou o muro da casa e se escondeu atrás de uma amoreira que havia no quintal. Um poste de luz iluminava a casa por fora e temi ser visto por alguém. Me mantive ali olhando para um lado e para o outro e me escondendo para não ser surpreendido. Esperei mais de uma hora e não obtive sinal de Tomé. Fiquei escondido atrás de um monte de entulhos jogados a alguns metros da frente da casa, do outro lado da rua como havia sido recomendado. Tomé demorou e eu já pensava em desistir quando o bem-te-vi cantou e percebi um movimento do lado de dentro do muro. Firmei as vistas e notei que Tomé não estava sozinho. O bem-te-vi cantou de novo, segundos depois cantou mais uma vez, repetiu o canto logo em seguida e seguiu repetindo sem cessar; aí me dei conta de que Tomé estava em apuros e pedia minha ajuda.

Corri até lá, pulei o muro e vi Tomé lutando com dois marginais. Entrei na briga e acertei um dos dois na cabeça com a garrafa de cachaça que eu tinha levado, ele caiu no chão e o cheiro de cachaça inundou o ar, a garrafa se partiu em pedaços deixando em minhas mãos apenas o gargalo. Agora, estava mais fácil para Tomé, que lutava com o outro e ocupado em sua empreitada nem notou que eu tinha chegado.

Os planos não tinham dado certo, o resgate dos meus objetos era para ser silencioso; no entanto, peguei a corda e passei-a pelo pescoço do outro oponente puxando-o para trás. Segurei firme, e Tomé agarrando a outra ponta da corda amarrou o lutador que estava no chão ainda tonto e com a mão na cabeça, depois amarrou bem o outro que eu segurava e mantivemos os dois deitados e amarrados.

Tomé entrou na casa enquanto eu vigiava os dois marginais. Minutos depois ele retornou com minha bicicleta e duas mochilas, me entregou uma e a outra ele jogou nas próprias costas.

— O que é isso? — perguntei ansioso. — Você roubou uma mochila?

— Vamos embora, está tudo aqui — disse Tomé.

Havia um portão colado à casa, Tomé abriu por dentro e eu passei pedalando minha bicicleta; não vendo Tomé ao meu lado, parei alguns metros à frente. Olhei para trás e não o avistei. E agora o que fazer? Onde estava Tomé? Será que foi pego de novo? Deixar o colega para trás seria inconcebível. Voltei e olhei por cima do muro, os rapazes estavam amarrados e Tomé colhia amoras e as depositava em uma sacola plástica.

— Tomé, o que é isso? Vamos embora — gritei abafando a voz.

— Já estou indo, só mais um pouquinho.

— Tomé, larga as amoras, alguém pode chegar e nos ver aqui.

Tomé, para minha aflição, sumiu de novo por quase cinco minutos para depois surgir do lado de fora montado em uma bicicleta e com uma mochila nas costas.

— O que é isso? O que você está fazendo, Tomé? Você roubou uma bicicleta?

— Pedala se não quiser morrer — falou saindo em disparada.

Girei os pedais com força e velocidade e acompanhei Tomé, que partiu sem parar até chegar em minha casa.

— Cadê a cachaça? — indagou.

— Que cachaça?

— A cachaça que te encomendei.

Olhei indignado para ele e não tentei explicar.

— Boa noite, Tomé! Já está tarde, amanhã pensaremos nisso.

*****

No período da tarde, depois da escola, eu trabalhava ajudando meu pai em sua fábrica de sabonetes que eram vendidos em todo o estado. Os negócios fluíam bem e aos poucos incrementamos a pequena fábrica de meu pai. Contratamos mais funcionários para colaborar na produção; o serviço era pesado e eu trabalhava também na produção juntamente com os empregados. A mão de obra não era qualificada e o nível escolar dos trabalhadores era baixo; alguns nem sequer sabiam ler, mas tinham a malandragem das ruas e frequentemente caçoavam de mim por me acharem "esnobe".

Eu não tinha como evitar, o meu nível escolar era mais elevado e eu sentia que esse fato os incomodava, eu sabia que era apenas uma questão de percepção deles a meu respeito, não refletia a realidade do meu comportamento.

Eram engraçados e com eles aprendi que em muitas circunstâncias o bom humor ajuda a deixar o fardo da vida mais leve, entretanto a zombaria e o sarcasmo eram comuns entre eles, viam graça em tudo e brincavam com as situações fazendo piadas até mesmo em momentos sombrios. Eu me perguntava se para aqueles rapazes havia algo deveras sério na vida, não que eu levasse tudo tão a sério, mas certos momentos e determinadas coisas não carecem de leviandade.

Absorto em meus pensamentos enquanto encaixava os produtos para a entrega, eu tirava conclusões no tocante ao bom humor e quando ele deveria ser realmente utilizado, será que eu deveria sorrir de tudo e para tudo? Ou sorrir de todos e para todos? Acabei analisando e observando que podem existir vários tipos de sorrisos. Guardei para mim aquela ilação, pois sabia que em momento oportuno encontraria alguém com quem argumentar e debater sobre o assunto.

O expediente terminava às 17h em ponto e o alvoroço era costumeiro na hora de sair; os rapazes largavam tudo como estava e saíam correndo quando ouviam o som da sineta anunciar o fim da jornada diária. Meu pai se enfurecia com aquele jeito de terminar o dia e se queixava para mim:

— Não é assim que se termina um dia de trabalho.

— Estou de acordo, papai.

— Se o tempo se esgotou, eles têm a obrigação de pôr as coisas nos seus lugares.

— Eles tiveram algum treinamento para isso?

— Isso é bom senso, meu filho.

— Meu pai, seria melhor acreditar que a peonada é regida por leis e regras.

— Não podem deixar as ferramentas jogadas por aí só porque o apito comunicou o fim do expediente; parecem um bando de bichos correndo soltos e loucos para deixar o ambiente de trabalho.

— Papai, eu entendo a sua contestação a esse tipo de comportamento, o que se pode fazer com relação a isso é treiná-los para executar o serviço da forma correta.

— Será que eles são treináveis?

— Certamente.

— O problema é que pessoas contratadas para esse tipo de serviço não têm nenhuma formação — dizia papai.

— Coopere com eles.

— É um bando de mal-educados — emendou inconformado.

— O ser humano é treinável, o senhor nunca ouviu dizer?

— Esse bando de animais não vai aceitar treinamento, o que eles pensam é em completar mais um dia e garantir o pagamento no fim da semana.

— Não é bem assim, não se refira a seus colaboradores como "um bando de animais". Vamos treiná-los — recomendei.

— Vamos tentar adotar a sua ideia — acatou desconfiado.

— É claro que depende de boa vontade; se o trabalhador não exercer a vontade de aprender, é evidente que não aceitará treinamento.

Meu pai, enquanto conversava comigo, ia se abaixando e recolhendo tudo que estava jogado no chão da fábrica. Apanhava ferramentas e outros utensílios usados no trabalho enquanto lamuriava pelos equipamentos não estarem em melhores condições. Sensibilizado pelo incômodo que meu pai demonstrava, sugeri reunir todos os funcionários para um treinamento de como deveria ser o chão de fábrica a partir daquele dia:

— Papai, vamos reunir os funcionários e orientá-los sobre a maneira correta de executar o trabalho e também quanto aos cuidados com os equipamentos.

— Certo.

— Estou pensando numa maneira de fazer isso.

— O que você vai dizer a eles?

— Vamos dizer a eles que o chão da fábrica a partir desse momento terá que estar sempre limpo, os equipamentos de segurança terão que ser usados irrestritamente e acima de tudo vamos pôr em prática o princípio básico da organização e ordem nas atividades cotidianas.

— E o que é esse princípio? — indagou meu pai.

— Sinceramente, deveríamos utilizar uma metodologia de gestão no ambiente de trabalho criada por um japonês, os 5 Sensos; mas vamos começar com algo mais prático: "um lugar para cada coisa e cada coisa em seu lugar", assim eles começarão a entender que devem guardar os equipamentos ao final do dia após utilizá-los.

Meu pai, intrigado, coçou a cabeça e se abaixou até o chão com uma das mãos apertando o quadril, apanhou um alicate e o suspendeu até a altura dos meus olhos sacudindo no ar a ferramenta:

— Um lugar para cada coisa e cada coisa em seu lugar, gostei da ideia, vamos orientar nessa direção, se aprenderem já me dou por satisfeito.

— Eles aprenderão, mas primeiro vamos fazer a nossa parte, criar uma oficina ou um local com prateleiras, gavetas, ganchos e o que for necessário para que cada coisa TENHA o seu lugar; só depois poderemos orientar e exigir que cada coisa ESTEJA em seu lugar — falei enfatizando para que ficasse claro e entendido.

De acordo com a minha sugestão, meu pai determinou que eu me encarregasse da reunião com os funcionários, porém eu discordei veementemente, pois eles me viam como um colega de trabalho e era provável que criassem resistência em aceitar tais orientações mesmo vindas do filho do dono da empresa. Meu pai acenou com a cabeça aceitando meu argumento e decidimos encontrar alguém capacitado para transmitir as novas diretrizes.

*****

Desse modo continuei trabalhando e estudando para concluir o segundo grau, pois em seguida eu faria o vestibular para medicina, que passou a ser meu objetivo primordial. Meus dias, repletos de tarefas e ocupações, me incitavam a desejar que o tempo se estendesse além das vinte e quatro horas. Parecia que quanto mais eu me movia, mais rápido o tempo passava; acabei compreendendo sobremaneira a aflição de Einstein ao propor a teoria da relatividade, mas para mim o tempo não dilatava; a minha percepção era de que o tempo voava de acordo com os meus movimentos e o tempo de fato voou feito um corisco.

À medida que o grande dia das provas do vestibular se aproximava, a apreensão tomava conta de mim, naturalmente como qualquer estudante antes dos testes. Viajei até Juiz de Fora, cidade mineira que escolhi para fazer faculdade de medicina. Eu havia investigado que lá estava uma das melhores escolas do país para a profissão, além de ser uma bela cidade com largas avenidas e o clima ameno de serra ao qual eu me acostumara.

Passados alguns dias, recebi um telefonema:

— Deus te abençoe por ser portador de boas notícias — respondi ao colega do cursinho que me ligou para avisar que eu havia passado nas provas e estava apto a ingressar na faculdade de medicina.

As listas de candidatos aprovados eram comunicadas através de jornais, e não em portais de internet como acontece hoje em dia. A informação de que determinado canal de notícia estava anunciando a lista dos alunos aprovados era passada de boca em boca até que os interessados comprassem o jornal para se certificar.

Passados dois meses tudo estava devidamente arranjado para que eu me mudasse para Juiz de Fora. Matriculado na faculdade e alojado em um pequeno apartamento de dois quartos que aluguei em parceria com Guga. Guga, apelido carinhoso que eu usava para me referir ao colega Guillermo Garraiah, que havia me telefonado para dar a notícia de minha aprovação e dizer que estávamos juntos naquela empreitada.

CAPÍTULO III

EU... SALVADOR DE MIM

As aulas de anatomia do curso básico eram fascinantes; descobrir cada osso do esqueleto humano juntamente com os vasos sanguíneos e toda a rede neural criava em mim um sentimento de fascínio e desafio; a cada avanço nos estudos aumentava mais a minha admiração pela complexidade do corpo humano. A profundidade do conhecimento e a abundância de informações detalhadas conferiam a mim um poder estranho adquirido pelas habilidades de curar doenças.

Eu sabia que seria necessário equacionar e equilibrar aquela sensação de poder com empatia e humildade, tão necessárias para que a compaixão por pessoas fragilizadas e vulneráveis fosse desenvolvida em mim. Eu era consciente de que a carga emocional do trabalho em medicina criaria em mim mecanismos de enfrentamento facilmente confundidos e interpretados como frieza e crueldade.

Pelo fato de sempre ouvir comentários sobre provável imunidade que os médicos desenvolvem ao choro e à dor, eu me preocupava se algum dia isso viria a manifestar-se em mim, sustinha-me horrorizado de pensar em tal possibilidade. Eu julgava certo que a exposição frequente a situações desafiadoras poderia desencadear resistências suficientes para o autocontrole e o comedimento das emoções, mas nunca a indiferença.

Eu era jovem e me via como um feixe de energia positiva irradiando entusiasmo em cada movimento, uma paixão evidente pela vida numa abordagem vibrante e esplêndida de amor e alegria. Eu buscava em cada hora do meu cotidiano viver experiências emocionantes e abraçava cada oportunidade com intensidade cativante. Tentava em todos os momentos contagiar as pessoas ao meu redor para que se sentissem inspiradas a aproveitar a vida ao máximo, viver a vida em sua essência e no presente, sem conjecturas de tempos futuros.

Viver plenamente para mim era abraçar cada momento com uma profunda consciência de gratidão. Encontrar significado nas pequenas alegrias do cotidiano e nos mais ínfimos detalhes da existência era cultivar relacionamentos e aprender com desafios. Eu aceitava o presente enquanto me mantinha aberto ao crescimento pessoal e profissional. Viver plenamente — eu trazia comigo a lembrança vívida do evangelho de São João no capítulo 10 — era mais do que acumular experiências, era nutrir a alma, perseguir paixões e contribuir positivamente com o mundo em uma apreciação constante das tramas da vida.

Durante todo aquele ano a intensidade dos estudos consolidou meu compromisso com a excelência na prática médica; preparei-me para o desafio gratificante que o futuro da medicina reservava. Mergulhei em um período desafiador e enriquecedor de estudos. As aulas abordaram complexidades médicas de anatomia e práticas clínicas. Noites foram transformadas em horas de leitura e pesquisa. Precisei fortalecer minhas habilidades de comunicação e colaboração e, apesar do cansaço, cada obstáculo superado contribuiu para o meu crescimento profissional e pessoal.

CAPÍTULO IV

UMA AVENTURA CARIOCA

Dezembro se aproximava e o ano estava por se acabar. Os desafios e conquistas foram sobremaneira importantes contribuindo para o meu crescimento acadêmico. Enfrentei obstáculos que fortaleceram a resiliência em mim, conheci pessoas e participei de eventos enriquecedores. Agora, uma breve pausa seria necessária para descansar a mente e organizar os pensamentos para o ano seguinte.

Convidei Guga para que fizéssemos, antes de irmos para casa visitar os familiares, um passeio até o Rio de Janeiro. Ia nos fazer bem; compraríamos passagens de ônibus e em três horas estaríamos na Cidade Maravilhosa vendo as praias e tomando banho de mar; poderíamos beber cerveja no Leblon ou em algum barzinho da Urca.

— Guga, você conhece o Rio De Janeiro? — indaguei, maroto, já pensando em minhas estratégias de persuasão.

— Não, ainda não tive a oportunidade — respondeu ele sem entusiasmo.

— A cidade é linda, estive uma vez em Copacabana quando fui visitar um amigo. Você gostaria de conhecer o Rio de Janeiro?

— Sim, claro, seria uma bela oportunidade, já que estamos tão próximos. Vamos planejar a viagem para as férias de julho, assim eu comunico aos meus pais que em julho não os verei, pois estarei em viagem para o Rio.

— Não me refiro a julho, Guga, estou pensando em irmos agora que as férias de dezembro estão chegando, faltam apenas nove dias para o final do ano letivo e poderíamos passar alguns dias no Rio antes de viajar para ver nossos pais. Quatro ou cinco dias de badalação e azaração nos fariam um bem danado, vamos nos sentir leves, concorda?

— Tenho que analisar.

— Ah, é?...

— Sim, tenho que analisar.

— Você passou o ano inteiro metido em análises — gracejei.

— Eram diferentes.

Arrisquei a primeira investida, mas Guga se manteve imparcial, eu o conhecia bem e sabia de sua necessidade de fazer tudo programado; às vezes nos digladiávamos por causa de sua mania de ter que organizar tudo previamente.

— Tomaz, você me conhece há algum tempo, sabe que não faço nada sem me programar, está no meu DNA.

— Eu não discordo de seu jeito organizado, só que alguns momentos demandam decisões imediatas.

— "Na dúvida, não ultrapasse" — parafraseou Guga.

— Bem, se é assim, "não beba e dirija" — ponderei de imediato.

— Tomaz, não consigo decidir certas coisas de forma imediata.

— Guga, você gosta de analisar, então analise: a ideia dessa viagem surgiu agora, em julho pode estar frio no Rio de Janeiro, as praias provavelmente não estarão tão belas e cheias de garotas lindas como agora — falei sorrindo e gesticulando para que ele entendesse a minha malícia sugerindo a ele um atrativo irrecusável. Guga era namorador e faria tudo para conquistar uma bela menina no Rio de Janeiro; agucei propositalmente a sua curiosidade e ele ficou desestabilizado.

— Tenho que comunicar aos meus pais.

— Claro que sim — concordei.

— Me dê mais tempo para que eu te retorne sobre a viagem — falou olhando em seu livro de notas sem levantar os olhos.

— Uau!!! Já vou me informando sobre lugares badalados para frequentar... — reforcei sorrindo, acreditando na certeza da resposta favorável, mas Guga mostrou as duas mãos espalmadas na altura das orelhas num gesto que comunicava incerteza e ponderação.

No último dia de aulas daquele período estávamos realmente exaustos, as forças mentais exauridas por conta da dedicação ferrenha aos estudos e práticas da medicina. Guga conseguira se decidir pela viagem ao Rio e eu estava feliz com a perspectiva de podermos estar juntos em parte de nossas férias; Guga era um ótimo companheiro, nossa amizade se fortalecera com o tempo vivido juntos em casa e na faculdade e já nos considerávamos com "laços" de irmãos; apoiávamo-nos mutuamente em nossos momentos sombrios de incerteza ou melancolia e participávamos também juntos dos momentos de alegria.

O ônibus saiu às 19h da rodoviária e seguiu em direção ao Rio de Janeiro, passou por barreiras e decidas íngremes e eu via a estrada molhada com a água que brotava das encostas. Percebi que alguns trechos da estrada eram concretados ao invés de asfaltados; fiquei perplexo em pensar como aquilo era possível, como fariam tanto concreto e qual seria a finalidade.

Me virei para o lado e vi Guga dormindo na poltrona, o pescoço curvado sem sustentação chacoalhava à medida que o ônibus reduzia a velocidade para entrar nas curvas da estrada sinuosa e estreita; eu, de olhos fixos na estrada, não conseguia relaxar ou cochilar, o trecho era perigoso e o ônibus dançava em um vai e vem desordenado como se fosse um barco à deriva; os feixes de molas das rodas amaciavam o impacto dos baques e nas curvas eles sustentavam a carroceria do carro que descia inclinada como se fosse tombar.

Uma outra curva em direção oposta obrigava o chassis do veículo a pender para o outro lado e assim seguimos nesse baile involuntário até a última descida da serra que desembocou em uma estrada plana e larga de duas vias. Só então pude relaxar um pouco até que as luzes da cidade começaram a despontar levemente de um lado e outro da estrada e se tornaram mais frequentes informando que a entrada da cidade do Rio se aproximava.

— Três horas de puro êxtase, ãh?! — exclamou Guga erguendo os braços e bocejando, com um ar zombeteiro, quando o ônibus finalmente encostou na plataforma de desembarque da rodoviária do Rio.

Me virei para ele e sorri sem dizer palavra; olhei no enorme relógio analógico quadrado, preso por duas grossas correntes no teto de cimento no meio do saguão, vi que os ponteiros marcavam 10h em ponto. Não foi difícil encontrar um táxi livre naquela hora da noite, a cidade estava deslumbrante naquele início de dezembro.

— Avenida… Nossa Senhora de Copacabana — disse eu ao motorista do táxi, que ia nos instruindo sobre a cidade e seus desafios.

Na manhã seguinte a praia ensolarada foi um convite espetacular para o banho de mar. Depois, um passeio no calçadão que cerca a extensa faixa de areia dourada onde se avista os icônicos edifícios da orla na Avenida Atlântica.

— A praia tem uma energia vibrante — disse Guga, encantado com a organização de quiosques e atividades esportivas na areia.

— Sim, a praia é linda; pena que o povo comum no Brasil é muito desleixado em se vestir e se comportar; veja os vendedores ambulantes como se vestem, não se importam com a aparência, se tornam feios assim tão suados e sujos — ponderei olhando o panorama onde as pessoas em seus trajes de banho se misturavam a comerciantes ambulantes de todos os gêneros vendendo sucos, comidas e bebidas em tonéis de alumínio, óculos de sol em "araras" soltas, chapéus, artesanato e uma parafernália de produtos sendo oferecidos aos banhistas que ali se encontravam para gozar a liberdade ao ar livre ou desfrutar de um dia de folga do trabalho.

— É a característica da cidade — acrescentou Guga sem contestar.

— Não duvido, tem também esse barulho característico das praias do Rio.

— As praias do Brasil são assim em quase todos os lugares ao longo da costa — disse Guga.

— Talvez esse desmazelo mude algum dia se os governos investirem mais na educação do povo; trabalhos mais seguros poderão substituir esses autônomos vulneráveis que vivem pelas praias.

— Talvez... — emendou Guga suspeitando da minha utopia.

Entre uma atividade e outra, conhecemos bares e restaurantes, passeamos pelos pontos turísticos, perambulamos pelo Jardim Botânico e sentimos o cheiro doce exalado pela variedade de árvores lá existentes. De noite havia sempre um lugar movimentado e barulhento com jovens intrépidos e garotas lindas exibindo seus trajes noturnos e esbanjando alegria.

Guga vibrava com a noite, era um jovem com músculos definidos os quais ele ostentava orgulhoso e cônscio de seu vigor. Um moço bonito de olhos esverdeados e pele escura que criavam nele um contraste peculiar, seus cabelos acastanhados e crespos lhe conferiam um aspecto de fisionomia indefinida que confundia qualquer julgamento em relação à sua raça. Homem elegante e de fino trato, sua voz baixa e pausada transmitia insuspeição e confiabilidade. As garotas o golpeavam com seus olhares enigmáticos e Guga disfarçava sua ambição e impunha a predominância de seu caráter indecifrável; enquanto eu, sempre expansivo às amizades recentes, me envolvia em diálogos acalorados com os companheiros de copo sem jamais revelar a intenção do meu olhar até que eu tivesse a certeza da reciprocidade.

No final do terceiro dia já tínhamos visto diversas coisas no Rio de Janeiro. Passeamos pela cidade, bebemos com amigos recentes, andamos pelas belas praias e convivemos com pessoas de variados tipos; feias, bonitas, esquisitas, algumas educadas e corteses, outras arrogantes e estúpidas, gente comum como em qualquer parte do mundo seria possível espreitar. Vimos estrangeiros com seus apetrechos e maneiras inconfundíveis; dissertamos sobre as roupas baratas que a maioria dos ambulantes usam em seu trabalho exaustivo vendendo alimentos e produtos de qualidade duvidosa nas areias das praias; visitamos pontos turísticos e monumentos espalhados por toda a cidade. Guga e eu resolvemos adicionar emoção à nossa visita à cidade fazendo algo que desafiasse nossa estrutura física e trouxesse lembranças inesquecíveis do lugar.

Procuramos por informação em nosso hotel e nos disseram que a trilha da Pedra da Gávea era um lugar cheio de lendas e mistérios e que, se procurávamos por sensações diferentes, era para lá que teríamos que ir. Guga ouvira que do alto do platô da Gávea teríamos uma vista esplêndida da cidade; assim, marcamos uma subida para o próximo dia, que seria o nosso último da estadia.

No dia seguinte, como havíamos programado, levantamos bem cedo e fomos até o salão onde era servido o café da manhã. Sabíamos que deveríamos estar alimentados para a extensa caminhada até o cume; apanhei três tipos de frutas, como era costume todos os dias em meu desjejum, cortei em pedaços que depositei em uma tigela de louça acrescentando chia hidratada, granola e cobrindo com iogurte de morango, meu preferido. Guga me olhava ressabiado todas as manhãs na hora do café:

— Há quanto tempo você tem esse costume de comer frutas de manhã? — indagou brejeiro enquanto eu saboreava uma pequena colher de granola com iogurte.

— Desde que entrei para a faculdade de medicina; aprendi que em referência à saúde a atitude preventiva é a mais recomendada — retruquei especulando sua contestação.

— Correto, mas você deveria consumir também as proteínas para prevenir a perda muscular.

— Claro que sim, e os carboidratos também — disse eu transparecendo estar bem informado a respeito do aspecto nutricional.

— Com essa tigela tão cheia assim até a borda vai ser difícil você conseguir ingerir outra coisa — observou e vi que ele sorria com o canto da boca como se quisesse zombar de mim.

— As quantidades que como são sempre as mesmas, três tipos de frutas cortadas num total de cem gramas, às vezes um pouco menos, adiciono duas colheres de granola e duas de chia hidratada e cubro com 80 ml de iogurte, um início perfeito para o meu desjejum.

— E a proteína? E o carboidrato? — me inquiriu segurando sua xícara de café que logo depois levou à boca.

— Sempre que posso eu consumo oitenta gramas de proteínas e oitenta gramas de carboidratos: um pãozinho e frango desfiado, uma xícara de café para regar essas delícias.

— Tem toda razão, mas termine rápido o seu café, do contrário vamos nos atrasar.

— Depressa é uma palavra que não combina com refeição — argumentei abrindo bem os olhos e mostrando as palmas das mãos. — Existe tempo para tudo, e agora o tempo é o de comer, nunca leu o Eclesiastes? — brinquei ao perceber a ansiedade de Guga na espera pelo momento de iniciarmos nossa caminhada pela montanha.

Em uma mochila pequena guardamos quatro litros de água mineral, dois lanches pequenos para reforço na subida e algumas barras de chocolate. Levamos também pacotinhos de amendoim que eu julguei necessário caso precisássemos de uma energia extra; repelente e lanterna nunca poderiam faltar quando o assunto fosse floresta.

Nos dirigimos até o local previamente combinado com o guia que nos conduziria por todo o percurso, seis pessoas estavam no local e percebi que nos esperavam com a cara amarrada, pois havíamos atrasado alguns minutos, e Guga me culpava por não sacrificar meu desjejum.

Nosso grupo era formado por um casal que distingui serem estrangeiros, duas moças morenas, altas e de quadris largos acompanhadas de um rapaz magro, muito branco e esquisito que trazia uma bandana lilás na cabeça, um senhor de meia-idade com o peso que em rápida observação estabeleci inadequado para aquele esforço físico. Eu o olhei especulando se teria forças suficientes para o trajeto até o cume; eu e Guga éramos fisicamente preparados e estávamos aguilhoados pela emoção da aventura.

Começamos nossa caminhada por um caminho estreito e fechado pelos galhos das árvores, a folhagem espessa impedia que a luz do sol tocasse a terra naquele ponto, escapando apenas algumas frestas do brilho da luz e criando uma penumbra natural, pedregulhos barrentos pavimentavam o chão e pedras grandes eram percebidas por toda parte. Em alguns segmentos do trajeto a estreita via se abria e dava lugar à vista da deslumbrante floresta da Tijuca, a brisa soprava fresca e permeava o ar com um aroma terroso.

O cheiro de mato se confundia com o cheiro da terra molhada. O caminho era coberto de folhas úmidas; e o som da mata composto por pássaros, riachos e folhas ao vento adicionava uma trilha sonora natural à nossa experiência.

Vez por outra a trilha era embaraçada por cipós grossos que dificultavam a passagem e tínhamos que nos esquivar contorcendo ou agachando até o chão para depois emergirmos do outro lado segurando os galhos para que não ferissem quem viesse atrás, assim ajudávamo-nos mutuamente. Era uma delícia comungar aquele momento com a natureza.

De repente o chão pareceu se inclinar e aí começamos uma subida íngreme repleta de grandes pedras que tínhamos que desviar ou subir um pé após o outro para conduzir o corpo numa verdadeira escalada. Em vinte minutos naquela toada, o corpo começava a sinalizar o desejo por descanso. O guia nos orientava frequentemente apontando imagens novas ou o perigo iminente. Uma das moças morenas tagarelava o tempo todo sobre as condições do caminho e ia fazendo comparações com outras aventuras das quais já havia participado; era chato ouvir aquele alarido incessante e eu conjecturava baixinho com Guga se aquela boca-rota nunca ia se fechar, sorrimos um para o outro e ele me repreendeu:

— Faz parte... — E eu acenei de volta.

— Claro que sim, que remédio...

E rimos juntos dos nossos próprios comentários.

À medida que avançávamos o chão parecia mais inclinado e a subida se tornou mais íngreme com tropeços em pedras gigantes que tínhamos que transpor. Os cem metros seguintes foram uma real escalada sobre pedras gigantescas que o caminho entrecortava, e o guia nos alertou que ali tínhamos que ser cautelosos e agarrar fortemente com as mãos na mudança do passo, puxar o corpo para cima e segurar firme até o apoio do próximo pé, ter sempre a certeza de depositar os pés em local firme antes de mudar o passo e assim devagar alcançamos uma clareira de mais ou menos oito metros de diâmetro, plana e propícia para uma pausa.

O guia, subitamente, aproveitando a trégua que o caminho nos ofereceu naquele modesto platô, sugeriu, como eu imaginara, uma pausa para descanso e hidratação.

O horizonte se abriu e possibilitou enxergar daquela altura, de um lado, toda a parte de baixo da mata, com árvores imensas em uma geografia ondulada que formava um composto de vegetação e pedras, misturando o verde e o cinza em um manto que parecia se descortinar e espalhar diante dos nossos olhos.

Ao olhar o lado oposto víamos uma rocha imensa, cinza-escuro em formato cilíndrico de dimensões incalculáveis a olho nu, que a perceber daquele ângulo decifrei como um rosto, de testa alta e semblante fechado. As sobrancelhas simulavam cair sobre os olhos e definiam uma fisionomia séria e enigmática. Os olhos muito juntos e redondos se ajustavam ao nariz raso, mas perfeitamente perceptível, que dividia as duas faces, a direita um pouco desfigurada pela ação do tempo, contudo satisfatoriamente resoluta; a esquerda menos definida, mas ainda assim visível dentro do aspecto do rosto. A boca, ligeiramente abaixo do nariz, era pequena e desproporcional ao tamanho da cabeça, porém distinta e se apresentava logo acima do queixo enorme e alongado que complementava o espectro.

Permaneci assim abstrato naquela observação e depois com um toque no ombro de Guga apontei para a figura. Ele olhou e pairou diante do que vira, eu pensei, talvez o cansaço o tenha impedido de comentar, entretanto Guga se virou para mim, sacudiu a cabeça num gesto de concordância e afirmou:

— Magnífico... obra perfeita da natureza... Eu acenei que sim e me mantive em silêncio por alguns segundos a contemplar aquela maravilha.

O guia interrompeu o nosso silêncio dizendo que era hora de apresentarmo-nos uns aos outros para que estivéssemos entrosados na jornada, pois assim seria mais seguro e divertido:

— Meu nome é Josias, sou guia turístico há cinco anos e venho aqui quase todos os dias trazer gente de todas as partes do Brasil e do mundo para fugir um pouco da cidade, se aventurar e se maravilhar com a natureza — concluiu apontando para o rapaz com a bandana lilás na cabeça.

— Me chamo Marcelo, sou estilista e estou amando o passeio.

O senhor de meia-idade falou em seguida:

— Meu nome é Carlos, sou médico cardiologista e moro aqui mesmo no Rio de Janeiro; há muito tempo eu queria fazer essa escalada, no entanto me sentia despreparado até que hoje criei coragem e me dispus a enfrentar.

Fiquei atônito e envergonhado comigo mesmo pelo julgamento prematuro que fiz; acenei a ele apertando os lábios e cerrando os punhos em sinal de motivação; em meu íntimo, alavancar o senhor Carlos seria para mim uma tentativa de contrição e me apresentei em seguida.

— Meu nome é Tomaz Zambom, sou estudante de medicina e adoro enfrentar desafios.

— Me chamo Guillermo Garraiah, sou estudante de medicina e um aventureiro nato.

Todos riram da revelação de Guga, que ficou desconcertado diante da inesperada reação do grupo.

— Eu sou Marina e essa é minha prima Valéria, prima e amiga, não é, querida?!...

O guia interrompeu e ponderou pedindo que cada uma se apresentasse e falasse por si. Eu olhei para Guga e arruguei o canto da boca inconformado, ele se conteve franzindo a testa e transmitindo o mesmo sentimento.

— Ok, eu sou Marina, sou advogada e amo fazer coisas diferentes.

— Me chamo Valéria, sou advogada e precisava de uma aventura para me desentediar e espairecer.

O casal estrangeiro falou por último em um português arrastado e quase indefinível.

— Eu sou Jim, sou turista no Brasil.

Eu avancei e perguntei o que ele fazia para viver, ele se enroscou nas palavras, porém todos entendemos que Jim era professor universitário de física.

— Eu sou Lindsay, sou arquiteta e trabalho em Chicago — disse ela com um sotaque gutural que notei ser provavelmente canadense.

Quando as apresentações terminaram nos pusemos de pé e aplaudimos aquela iniciativa calorosa de aproximarmo-nos uns dos outros pelo simples fato de poder se referir a cada um pelo seu próprio nome.

— Não se preocupem, também somos estrangeiros. — Olhei para Lindsay e Jim no intuito de descontraí-los e todos rimos muito. Falei assinalando que eu e Guga éramos descendentes de imigrantes. Guga se avantajou e prosseguiu afirmando sua ascendência.

— Meus avós vieram de Córdoba, Espanha, e se instalaram em Minas Gerais. Tomaz é italiano.

— Sou brasileiro... meus avós eram napolitanos — corrigi.

O pequeno platô era plano e sombreado com pedras grandes que serviram de assentos para que pudéssemos descansar. Pelas marcas no chão constatei que diferentes grupos passariam por ali rotineiramente e se sentariam nas mesmas pedras que ocupávamos. O guia, senhor Josias, se levantou e acenou que era hora de ir. Me levantei, bebi um pouco da água que restava na primeira garrafa e ofereci o restante a Guga, que terminou e devolveu o recipiente vazio para que fosse acomodada na pequena mochila até que surgisse uma lata de lixo. Pensei provavelmente haver ao longo do caminho, e se não, eu a levaria até a cidade na volta para que fosse descartada em local adequado. O senhor Josias reiniciou a caminhada e eu me virei para colocar nas costas a pequena mochila quando ouvi um grito abafado que foi abruptamente silenciado. O senhor Josias parou imediatamente e olhou para trás:

— O que foi isso? — perguntou preocupado.

— Foi um grito — se atreveu Marina a definir.

— Sim, é obvio que foi um grito, mas de onde veio? — indagou Josias.

Todos olhamos para os lados, afoitos por encontrar a direção de onde partira aquele grito misterioso no meio do nada. Guga se virou para a encosta perpendicular ao sentido da trilha que usávamos e me mostrou que ali havia uma outra trilha, mais estreita, que adentrava a mata de forma desordenada e aparentemente sem definição para onde levaria. Olhei atento ao longo da picada estreita e avistei, a aproximadamente trinta metros, que algo se mexeu.

No mato fechado, os movimentos feitos por alguém denunciam incontestavelmente sua presença; as folhas se movimentam fora do padrão normal do vento e qualquer presença é facilmente notada. Firmei os olhos naquela direção e arrisquei um comentário ao grupo, que se manteve inerte, silente como se aguardassem algum desfecho.

— Tem alguém ali — emendei curioso. — Vou averiguar.

— Calma, não vá sozinho — pediu o senhor Josias, que ao mesmo tempo bradou com voz firme: — Tem alguém aí? — Não obtivemos resposta, mas vi que o mato se mexeu novamente e dessa vez um grito agudo e sonoro surgiu do meio das folhas:

— Socorro, socorro!

Eu parti apressado para me certificar do que se passava por lá e Guga me acompanhou com passos largos e se debatendo entre galhos e ramas. Andamos menos de dez passos quando avistamos quatro homens correndo em nossa direção, no que pude mensurar a uns cinquenta metros de distância de onde estávamos, eu e Guga. A princípio não identificamos a razão do galope dos quatro homens, mas subitamente o mato se abriu na nossa frente e surgiu como um fantasma uma mulher desesperada, suja e com as roupas esfrangalhadas.

Passou por nós assustada sem dizer palavra e seguiu correndo na direção da trilha principal. Sem entender ao certo o que acontecia, gritei para Guga e saímos atrás dela correndo entre galhos e folhas até que a avistamos parada, trêmula e suplicando por ajuda tentando se esconder atrás do senhor Carlos, o médico, agarrada em sua camisa e visivelmente traumatizada. Notei que seus olhos olhavam sem ver; ela tremulava a boca e não se aquietava, tentando mais e mais se esconder e se aninhar ao corpo do médico, que em vão procurava se desvencilhar.

— Eles querem me matar, me ajudem, eles vão me matar.

Sem tempo para pensar em consequências e no afã de salvar aquela mulher e protegê-la dos perseguidores, avancei até onde ela estava, apanhei-a pelo braço e lhe falei afobado.

— Vem comigo... Depressa...

Ela me seguiu e começamos a descer pela parte íngreme da trilha cheia de enormes pedras; a adrenalina me obrigava a raciocinar velozmente sobre os próximos passos a serem empreendidos; ela apoiando-se em mim na descida inescrutável e nós dois nos embolando como sendo um único corpo saltando por pedras, ora escorregando e deslizando na terra saibrosa e úmida entremeando as folhas molhadas sob a densa copa da mata, até vencermos os cem metros mais declivosos e alcançar uma parte menos ladeirenta da picada, que dava acesso a um caminho mais aberto e com menos obstáculos.

Segurei-a pela mão e começamos a correr; nossos passos ecoavam em desespero enquanto pedras rolavam sob nossos pés, o verde cerrado se fechando atrás e, ao redor de nós, alguns galhos iam sendo quebrados por mim num barulho inquietante.

A respiração entrecortada da moça competia com o pulsar acelerado dos meus passos numa fuga urgente entre sombras e embaraços. Eu ainda não tinha olhado em seu rosto, não sabia a cor dos seus olhos, não havia reparado em seu tipo de cabelo, nem me preocupei com a cor de sua pele. O infortúnio daquela mulher fora abruptamente incorporado a mim, o objetivo de salvá-la era agora um desejo a ser abarcado. Conscientemente ou não, eu estava lá por ela e, agora, também por mim.

Descemos velozes até o sopé da serra onde a trilha iniciava e dali já se podia detectar movimento de pessoas formando novos grupos de escalada; eu sabia que a uma centena de metros havia uma estrada e um terreno aberto onde táxis paravam para deixar passageiros e carros particulares também estacionavam. Um vigilante estava sempre de prontidão usando um colete alaranjado com listras refletivas. Olhei rapidamente para trás a fim de constatar se havia alguém em nosso encalço, mas não vi ninguém; parei e me virei para a moça ofegante e tensa, pedi que parasse um pouco e mostrei-lhe a estrada à nossa frente.

— Olha… daqui a mais ou menos cem metros você vai se deparar com uma estrada, vá até lá e peça socorro, tem sempre alguns carros e táxis por lá, agora corra para a sua vida… vai…

Agora sim, olhei bem em seus olhos e vi que era uma adolescente; devia ter dezessete ou dezoito anos de idade, não ousei especular sobre causas ou motivos de sua presença com aqueles homens em lugar tão inusitado, apenas recomendei que corresse e buscasse abrigo, ela olhou para mim, ainda trêmula:

— E você, o que vai fazer agora? Aqueles homens são perigosos, se te pegarem vão te matar.

— Não se preocupe comigo, vai depressa — ordenei agarrando seus ombros com as duas mãos e ajustando-a na direção da estrada.

— Tome cuidado — disse se afastando de mim. A alguns metros ainda pude ouvir sua voz.

— Obrigada!

Mas eu já tinha me reorientado e começado a correr de volta na expectativa de encontrar o grupo. Voltei o rosto numa espiada rápida para a moça e percebi que havia sangue em suas pernas e em sua roupa suja de terra, talvez tivesse se machucado em algum galho ou em alguma pedra, no entanto um pensamento abstrato passou pela minha cabeça de que certamente ela teria sido estuprada e violentada de muitas formas, pobre menina!...

Corri até o início da trilha e comecei a subir arfando; o ar que entrava em meus pulmões aparentava não ser suficiente para manter a respiração no justo compasso respiratório, entretanto eu tinha que reencontrar o grupo, me preocupei com Guga.

Eu não tinha certeza se os quatro homens teriam visto ou não o meu rosto, conjecturei pelo efeito da perspectiva refletiva do espelho retrovisor, onde a depender da posição da mirada uma pessoa te vê apenas se você a estiver vendo. Lembrei-me da recomendação frequente dos motoristas de caminhão de que "se você não está vendo meu rosto é porque eu não estou vendo você"; talvez fosse ilusão, pois eu não tive tempo de olhar nos rostos dos homens que corriam em nossa direção quando perseguiam a menina, por isso imaginei que também eles não me reconheceriam por não terem visto o meu rosto.

Esse pensamento abrandava minha apreensão, contudo não tanto a ponto de me tranquilizar; continuei a subir e notei que eu tinha galgado o percurso extremamente rápido, foi quando examinei que sob condições adversas o corpo reage em conformidade com as necessidades. Cheguei ao início do trecho aclivado de cem metros e parei arquejando com as duas mãos nos joelhos, inspirando cinco vezes rápidas e uma profunda pelo nariz e expirando cinco vezes rápidas e uma total pela boca e nariz para esvaziar completamente os pulmões antes de voltar a enchê-los; apesar de ofegante eu evitava respirar somente pela boca para não causar hiperventilação.

Eu ouvira dos alunos da classe de educação física que fragmentar a respiração para dentro e para fora ajudava a descansar mais rápido. Trinta segundos nesse treinamento e um minuto de pé, ereto e respirando normalmente foi o bastante para me deixar apto a retomar o trecho e subir até onde estava o grupo.

Cheguei devagar espreitando por entre os galhos e evitando ser notado, pois entrevi cinco homens desconhecidos. Abri propositalmente o zíper de minha bermuda cargo de sarja e o botão de fechamento; levantei a camiseta de meia malha até a altura do peito; tirei a jaqueta de nylon e a joguei nos ombros; assim me apresentei e na frente de todos abotoei primeiro o botão da bermuda segurando a camiseta com o queixo e em seguida fechei o zíper até em cima ajeitando a camiseta e me preparando para vestir a jaqueta de nylon.

— Desculpem a demora, pessoal, acho que foi o iogurte, muita lactose sempre me causou esse desconforto.

Cumprimentei a todos despretensiosamente com um aceno de cabeça, botei as duas mãos na barriga e empurrei os cotovelos para trás projetando o tórax para simular alongamento após algum tempo de cócoras. Guga entendeu meu apelo e se posicionou:

— Você está atrasando a nossa jornada, lhe avisei que 150 ml de iogurte de manhã seria um exagero, ainda mais com a quantidade de mamão que você ingeriu… Parece criança… Ralhou trepidando no ar as duas mãos e esboçando deliberadamente uma reação de descontentamento.

Os demais permaneceram quietos aguardando o desfecho de nossa encenação quando um dos desconhecidos irrompeu no cenário:

— Quem de vocês é o herói salva-vidas? — interpelou olhando para o grupo de modo genérico; aí reparei que eu não era manifestamente o suspeito.

— Quem foi o herói da garota? — esbravejou sacando da cintura uma arma automática que percebi ser uma pistola Glock 9 mm.

Ninguém se manifestou apesar de entreolharmo-nos assustados com a reação do marginal.

Ele caminhou até o Marcelo, o rapaz com a bandana lilás na cabeça, e com um golpe rápido e seguro, agarrou sua bandana pela parte de trás e forçou-a para baixo até a altura da nuca; o tecido parou na boca de Marcelo forçando-o a puxá-lo para baixo com uma das mãos até que se alojasse no pescoço. O marginal apertou-a de forma vil enforcando Marcelo até quase sufocá-lo, apontou a arma para o seu ouvido e bradou, dessa vez visivelmente resoluto:

— Eu sei que foi alguém daqui, se não abrirem o bico vou matar um por um até que alguém seja revelado.

Dizendo isso soltou a bandana de Marcelo, descanhotou a Glock 9 mm causando um estalo peculiar no parafuso-trava. Marcelo tossiu angustioso forçando o ar pela boca até os pulmões, desorientado caiu de joelhos e apoiou as duas mãos na terra úmida e assim permaneceu por alguns segundos. Marina atravessou na frente do bandido e protestou com voz firme e contundente:

— Você vai se dar muito mal, meu pai é coronel...

No instante seguinte Marina rodou sobre si mesma sentindo o impacto do golpe desferido em seu rosto. Caiu espalhada no chão úmido atingindo uma trama de cipó, seu pescoço entrelaçado na folhagem molhada.

Com as costas da mão que empunhava a arma, o execrável marginal desferira um golpe no rosto de Marina ao mesmo tempo em que ironizava:

— Minha vó é general, porra... Agora me digam: quem foi o salva-vidas da garota?

Apressei-me até onde estava Marina e tomei-a em meus braços, amparei seu rosto enquanto Guga confrontava o delinquente abominável por atingir covardemente uma mulher em troca de algumas palavras:

— Que tipo de homem é você? — vociferou Guga se preparando para o confronto, no entanto se conteve ante o risco da arma carregada e apontada para si. Recuou indignado e caminhou até onde eu estava; me ajudou a levantar Marina e resgatá-la das folhas resinentas.

Ante aquela cena me dei conta de que o perigo era iminente e a situação estava ficando séria; mesmo presenciando a solidariedade do grupo, pressenti que a qualquer momento a demasia do sofrimento forçaria algum deles a trair a lealdade e me entregar. Era um fato susceptível ante o pânico em questões de sobrevivência.

Apanhei a pequena mochila e com uma das mãos segurei-a diante de mim na altura do umbigo, deslizei a outra mão furtivamente e apanhei no bolso da bermuda de sarja um pequeno frasco de repelente de mosquito em spray que eu havia comprado na véspera por recomendação do guia. Com os dedos médio e polegar removi a tampa plástica que protegia o bico e conservei meu dedo indicador sobre o dispositivo de pressão do aerossol; mantive escondido, entre a pequena mochila e meu corpo, o frasco na posição de disparo.

O homem que empunhava a arma era branco e tinha os cabelos aloirados raspados nas laterais da cabeça acima das orelhas, trazia no antebraço uma tatuagem da cara de um lobo de olhos azuis que logo decifrei ser comum para definir posição em algumas gangues do país. Figurava ser o chefe dos outros quatro que estavam a postos em silêncio e aguardavam eventual comando. Olhei para Guga e franzi duas vezes sequenciais o canto esquerdo da boca, vagarosamente ele se aproximou de mim para aguardarmos o movimento seguinte do homem armado que segurou novamente a bandana de Marcelo requisitando um nome para imputar a culpa sobre a redenção da garota perseguida.

— Vamos negociar o episódio... — me atrevi.

Ele se virou para mim e em seguida para os seus homens e todos riram de mim, com a intenção de me ridicularizar.

— Primeiro você solta o meu amigo e me responde, o que você vai fazer se eu lhe disser quem foi?

Ele empurrou Marcelo e caminhou na minha direção sussurrando debochado:

— Você quer negociar o episódio, playboy?

— Eu não sou playboy, mas quero, sim, negociar com você.

— Então me fala, porra, o que é que você tem para negociar?

Ele se aproximou tanto de mim que senti seu hálito pestilento oriundo da combinação de cachaça e cigarro.

— Vamos... diga lá qual é o seu negócio... falou chacoalhando no ar a pistola próximo à própria cabeça.

Instantaneamente apontei para o seu rosto o bico do spray e disparei o líquido atingindo em cheio seus olhos. Ele se debateu instintivamente levando a mão aos olhos enquanto eu, incontinentemente, me pus de lado, fora do alcance da arma e o empurrei com força até a folhagem resinenta e o emaranhado de cipó onde Marina havia se enroscado.

Eu sabia que na composição do repelente havia álcool que em contato com os olhos causa irritação e aflição imediatas. Em seguida pulei abrupto em um barranco de aproximadamente quatro metros de altura próximo ao início da descida de cem metros e fui deslizando por entre os galhos e as folhas molhadas enquanto ouvia disparos vindos do alto. Parei a cinquenta metros e me escondi detrás de uma enorme pedra que lá estava parcialmente soterrada. Encostei as costas na grande rocha aguardando a ação da imaginação para o próximo movimento quando senti um baque em meu ombro; virei bruscamente para me defender e vi a mão de Guga agarrada em mim e seu corpo pressionando o meu buscando se abrigar.

— Você é louco? — sussurrei com os dentes trancados para conter o som da minha própria voz. Guga sem dar resposta apontou o dedo mostrando uma picada que flanqueava o pequeno platô onde o grupo se encontrava, e conduzia a uma subida que supostamente continuaria até o cume da montanha, onde se encontrava a Pedra da Gávea. Espreitei brevemente pela quina do rochedo onde eu me acostara e olhei para trás e para o alto a fim de me certificar de ainda não termos sido seguidos e partimos rumo à outra parte onde o mato era mais fechado; hipoteticamente seria por onde escaparíamos.

Afundamos mato adentro e marchamos sem parar por entre árvores grandes e arbustos emaranhados de cipós e ramagens; andamos afoitos pelo que calculei ter sido a volta de quarenta minutos até chegarmos em um elevado de onde era possível avistar qualquer pessoa que subisse ou descesse pela trilha principal. Logo à frente o mato raleava e dava lugar a uma vegetação de campo, rasteira, como se fosse uma pastagem aberta o suficiente para de lá avistar parte da cidade.

— Carrasqueira… — disse Guga franzindo o cenho e projetando o rosto para indicar uma subida íngreme de pedras que havia antes de atingir o cume da rocha principal. Antes de chegar à Carrasqueira era possível avistar uma clareira desgarrada da mata. Ela se impunha entre a parte fechada de árvores e a parte lisa do enorme bloco de pedras onde surgia a face da Gávea. Acenei positivamente e continuamos por um tempo aguardando o momento certo para partirmos. Do ponto em que estávamos não havia como descer pela trilha principal, pois o risco era grande de toparmos com a quadrilha de frente. Então esperamos a oportunidade de continuar subindo, ou quem sabe, esperar até o cair da noite para retornar sorrateiramente. Aproveitei para sacar da pequena mochila um dos lanches que trouxera e me alimentar; naquele instante e de acordo com o presente cenário, tudo era incerto. Guga estava impaciente e me importunou com a ideia de seguirmos em frente.

— Não podemos ficar aqui por muito tempo, temos que avançar, se nos aquietarmos agora correremos o risco de sermos descobertos.

— Estou de acordo, partiremos assim que eu terminar meu lanche — disse eu olhando seriamente para ele.

— Você não sacrifica a comida nem diante do perigo? — esbravejou olhando diretamente para mim.

— Já vai dar meio-dia e ficar sem comer também é um perigo — admoestei. — Você tem que avaliar os riscos, deveria lanchar também, estando alimentado, tudo é mais fácil.

— Não consigo comer, minha garganta está trancada — choramingou Guga mirando avidamente o horizonte e olhando de um lado para outro.

— Controle sua ansiedade, coma ao menos alguns amendoins... e beba água. — Dizendo isso ofereci a ele um pacotinho de amendoim sem pele que eu havia trazido.

— O que é isso? Eu já disse que não consigo comer — respondeu tomando de minha mão a embalagem e arremessando-a de volta à mochila.

— Então é desse jeito que você pretende ser médico? — vociferei. — Como você pensa controlar suas emoções em ocorrências inusitadas durante uma cirurgia?... Coma a sua comida... E componha-se — ralhei com Guga e ele se aquietou.

Falei com Guga da forma que somente os grandes amigos têm a confiança de falar. Naquela altura, já éramos como irmãos e isso garantia-nos o direito de conversarmos como irmãos; embora não tivéssemos o mesmo sangue, os sentimentos fraternos que nos uniam eram robustos e vigorosos. Guga olhou para mim ainda irado, enfiou a mão na pequena mochila, apanhou um dos lanches e começou a comer vorazmente; abriu uma garrafa de água mineral e verteu-a em sua boca absorvendo metade do líquido de uma única vez. Olhei para ele e rememorei comportamentos de meninos birrentos, tive vontade de rir, mas me contive. Senti por ele um imenso carinho. No afã de controlar sua ansiedade ele lutaria consigo mesmo e isso era nobre, não merecia nenhum tipo de escárnio por mais leve que fosse, mantive minha postura séria e continuei a comer até terminar.

Ficamos assim de joelhos na terra protegidos por um macuqueiro de folhas largas e fartas que usamos para nos esconder e não sermos vistos.

Quando vi que Guga acabara de comer seu lanche, me levantei e assinalei para ele. Retomamos a trilha naquele trecho aberto e continuamos a subir até encontrarmos um sopé de pedra; olhei para cima e contemplei um paredão que calculei ter em torno de trinta metros de altura, já estávamos exaustos por termos caminhado rápido demais até aquele ponto. Guga sugeriu descansarmos um pouco antes de enfrentarmos a subida do paredão; achei sensato, pois era um pedaço sensível do caminho, exigia estarmos descansados e concentrados para enfrentar aquele desafio.

O paredão de pedra era íngreme e liso no início; mas depois eram vistas enormes rachaduras e fendas nas pedras; imaginei como as pessoas poderiam subir aquele trecho sem equipamentos especiais ou cordas. Teríamos que arriscar a subida ou nos esconder no mato, além do mais, o nosso objetivo estava ali bem diante dos nossos olhos. A nossa intenção era chegar até o cume da pedra; entretanto, diante daquele monstruoso obstáculo, as coisas teriam que ser repensadas. Olhei para Guga e ele compreendeu minha aflição, ele era fisicamente melhor preparado que eu, não obstante escalar aquela pedra não significava nem apenas destreza e nem apenas força física, teria que ser o conjunto das duas coisas em harmonia perfeita.

O perigo de acidente fatal era iminente e provável para qualquer um que não tivesse o mínimo de experiência naquele tipo de alpinismo. Guga se arriscou primeiro e eu o segui, um pé depois do outro, procurando um ponto onde apoiar os pés e outro onde segurar com as mãos. Às vezes a distância entre um ponto de apoio e outro era longa demais para o alcance das pernas e eu já imaginava se uma pessoa de baixa estatura conseguiria vencer aquele intento. Guga ia na frente e eu confiava em seu julgamento para a escolha dos locais de sustentação do corpo, o que tornava minha escalada menos extenuante. Ocasionalmente ele parava e olhava para mim:

— Vamos subir devagar, não se apresse, aja com segurança, tenha a certeza de pôr os pés em locais firmes.

— Estou seguindo seus passos, toma cuidado… Se você resvalar e cair… vai me levar junto, estou logo abaixo de você.

— Fique tranquilo, vamos conseguir, se estiver exausto avisa, poderemos parar.

— Não pense em parar, vamos em frente.

AMOR E REBELDIA

— E a garota? — Guga abordou outro assunto enquanto subíamos e eu percebi que ele tentava tirar o foco do cansaço que sentíamos; achei justo e continuei:

— Ela vai ficar bem, é jovem, certamente vai se recuperar. Ficou preocupado com ela?

— Não exatamente, você fez o que tinha que ser feito, o resto agora é com ela. Por que ela estaria aqui com aqueles bandidos?

— Não me preocupei em perguntar, não era da minha conta, ela estava sendo maltratada e isso foi a causa principal; ela não precisava justificar sua presença aqui como condição para ser salva.

— Eu entendo, eu faria o mesmo — emendou Guga.

— E por que não o fez? — brinquei e vi que ele parou e me olhou de onde estava, me repreendendo com o olhar.

— Porque você não me deu a chance, foi mais rápido que eu. — Dizendo isso sorriu maliciosamente.

Apoiando-me em uma fenda que brotava da rachadura do bloco, descansei as nádegas em uma estria de pedra como se fosse sentar, mas continuei com o corpo ereto e voltado para a mata; notei que estávamos mais ou menos no meio do percurso e pedi a Guga que parasse um pouco para olharmos ao nosso redor.

— Por que esse nome: Carrasqueira? — indaguei olhando para a base do bloco que se iniciava a quase perfeitos quinze metros abaixo de mim.

— Por que você parou? Sentiu necessidade de descansar, não foi? — Apertei os lábios em resposta, ele compreendeu meu gesto e ponderou: — Veja a cautela com a qual estamos subindo, o cansaço que sentimos, o esforço que estamos empreendendo e o risco iminente de um acidente fatal. Ainda acha que essa pedra é um anjo? — Ao dizer isso desprendeu uma gargalhada irônica e eu entendi sua metáfora. Os riscos, truques, impasses e provações pelas quais as pessoas tinham que passar para irromper e alcançar o cume eram todos carrascos na visão de Guga, a imponente e epopeica ladeira não era complacente com quem desrespeitava seus preceitos; ao contrário, ela julgava, condenava e executava com grande crueldade a quem não observasse de forma irrestrita as suas regras.

Subitamente um estampido interrompeu nosso diálogo; eu firmei as vistas na direção da mata e avistei cinco homens subindo a clareira com passos apressados.

— Depressa, são os bandidos, eles estão atirando — bradei aterrorizado. Logo outro estampido ecoou pela mata e a acústica do local fez o estrondo reverberar por toda parte.

Subimos apressados como se não houvesse obstáculos, meus pés encontravam sozinhos os locais onde pisar e minhas mãos dançavam pelas fendas e rachaduras localizando inconscientemente os suportes onde se agarrar; meu corpo todo obedecia involuntário ao arranjo de pés e mãos na farra embalada pelos estouros da pólvora dos bandoleiros. O mesmo baile se manifestava em Guga, que afoito galgava a pedra como se brincando no trepa-trepa do parquinho. Estávamos em um dilema, a circunstância nos obrigava a escolher entre lutar com a Carrasqueira ou sucumbir ao chumbo odioso dos malfeitores.

Alcançamos o topo e eu agradeci ao Criador por me prover com uma mente tão magnífica que providencia o traquejo necessário e eficiente para vencer em situações inusitadas, pois assim se deu o fato de subirmos tão rápido a segunda metade da encosta. Memorei que sob condições adversas o corpo reage em conformidade com as necessidades. Mais tarde eu acrescentaria em silêncio no meu âmago que em um estado alterado da mente nem o fogo me queimaria, eu presenciara na infância os passadores de brasa que atravessavam, descalços, braseiros incandescentes sem a menor injúria.

Lá de cima, abrigados atrás de uma rocha, vigiamos o avanço dos marginais e quando eles tentaram subir jogamos pedras de tamanhos médios que rolaram sobre eles e os dissuadiram temporariamente de galgar por ali. Atiraram com frequência e eu devaneei se aquela munição jamais acabaria; foram minutos longos entre ameaças e xingamentos com promessas de que estaríamos mortos em breve. Guga estava lívido ante a balbúrdia dos delinquentes e eu olhava atento a qualquer movimento vindo da base da encosta. Nos valemos amiúde de pequenas pedras na tentativa de afugentá-los, mas elas surtiam pouco efeito e enfim eles iniciaram a subida sob a cobertura da incessante pistola automática. Eles avançavam drasticamente e notei admirado a destreza com a qual eles escalavam. Imaginei o impacto do chumbo quente na minha cabeça e o êxtase ante a queda involuntária no penhasco; será que ao menos me dariam a chance de escolher?

Fiquei assim absorto num transe interminável quando um estouro irrompeu de longe e me acordou do contrassenso; olhei rapidamente na direção da base do enorme bloco de pedras e vi incrédulo que os bandidos se dispersavam, o trecho que conseguiram subir, agora desciam mais rápido ainda, olhei mais uma vez sem entender o que ali se passava. De repente Guga se pôs de pé e começou a agitar os braços cruzando-os acima da cabeça e a gritar com os pulmões inflados:

— Aqui... socorro... aqui... Socorro.

Olhei para ele e projetei uma linha imaginária partindo dos seus olhos para a direção onde ele olhava e tentei descortinar o que Guga estava vendo; aí testemunhei surgindo de dentro da mata pela trilha principal uma caravana de policiais fardados atirando contra os bandidos que corriam para o mato com o propósito de escaparem ilesos. Continuei perplexo contemplando nossos redentores e percebi que nem todos usavam fardas; à medida que se aproximavam divisei pessoas com roupas discrepantes do fardamento uniforme da maioria do grupo.

Firmei as vistas para crer no que via e constatei a bandana lilás de Marcelo; senhor Carlos se esforçava manquitolando com um dos pés; Marina e Valéria começaram a retribuir os acenos de Guga, Jim e Lindsay vinham logo atrás de Valéria e acenavam também. Aí me levantei e me juntei ao meu amigo, meu irmãozinho; inseparáveis gritamos juntos as mesmas palavras de socorro e depois nos abraçamos com alegria e alívio; eu não ia mais morrer, pelo menos não ali, na Pedra da Gávea com um tiro de pistola na cabeça, ou ser arremessado lá do alto.

O grupo começou a subir a Carrasqueira sob as orientações do senhor Josias, nosso guia. Depois caminhamos até um grande platô que se abria para mostrar a esplêndida e magnífica vista do mar e da cidade; eu nunca vira nada igual, as lágrimas inundaram meus olhos, era lindo demais; olhei para Guga e ele soluçava, me aproximei e cruzei meu braço sobre seu ombro, ao que ele retribuiu incontinente e assim ficamos por um momento a contemplar as belas imagens da cidade do Rio de Janeiro.

O sol já havia se recolhido e a noite mostrava os seus primeiros sinais de sombra. No final da tarde daquele mesmo dia, saímos do táxi e adentramos a rodoviária, entramos no ônibus às 19h com destino a Juiz de Fora; de lá, cada um de nós iria para a companhia de seus pais e irmãos e retornaria somente no início de fevereiro. Eram as sacrossantas férias de verão, mais conhecidas como férias de janeiro. Almejadas por todos os estudantes nessa época do ano. Entrei, procurei meu assento e permaneci calado ao lado de Guga, que também não pronunciou palavra alguma. O ônibus descolou da plataforma e deu início à viagem. Seguimos os dois, mudos e pensativos, até que descontraído me virei para Guga com um sorriso:

— Aventureiro nato, ãh?!...

Ele olhou para mim sem sorrir e protestou:

— E alguém adora desafios, hein?!... — E assim entreolhamo-nos sérios por alguns segundos até nossas gargalhadas explodirem espontâneas, barulhentas e contagiantes.

CAPÍTULO V

O UNIVERSO EM MOVIMENTO

A fábrica de sabonetes ainda era a mesma, o quadro de funcionários naturalmente sofrera alterações. Percebi meu pai um pouco mais triste e aparentava desacorçoado com a falta de entusiasmo. Propositalmente encontrei um momento adequado e convidei-o para beber vinho comigo. Era final de tarde, o tempo estava fresco, agradável e convidativo para uma garrafa inteira ser saboreada e esvaziada sem pressa enquanto se podia confabular.

A parte de trás da nossa casa era voltada para uma quebrada que, sem se igualar a um abismo, era desbarrancada pela força de pregressas erosões. Já não ocorriam tais degradações do solo, pois a mata se tornara densa, cheia de grandes árvores; um bosque havia se formado ali e meu pai resolveu construir acoplada à casa uma enorme varanda que era o nosso refúgio; frequentemente ocupávamos aquela área para festas, reuniões de família e às vezes simplesmente reflexões olhando a bela harmonia da natureza.

Perto de uma mesa rústica de madeira grossa encostei duas cadeiras com braços laterais e preparei aperitivo, abri uma garrafa de vinho tinto e esperei até que meu pai se acomodasse. Após uma taça de vinho e alguns assuntos previamente ventilados consegui uma brecha para abordar o que eu havia pressentido.

— Papai, o que está acontecendo? Vejo que você anda preocupado com os negócios e já não tem o mesmo entusiasmo de um ano atrás quando eu morava aqui.

— Você tem razão, as coisas não são mais como há um ano, o progresso me preocupa.

— O progresso deveria ser animador, e não preocupante.

— Estou parcialmente de acordo; o progresso é bom para a nação, mas certas coisas mudam muito rápido e nos apanham desprevenidos — reclamou meu pai, lamentoso.

— A mudança é óbvia e inexorável.

— Concordo, mas hoje em dia a velocidade da mudança é assustadora.

— Desde o nascimento do mundo a vida nunca esteve estagnada — repontei.

— É natural que as coisas sigam seu curso — disse meu pai.

— Houve épocas em que o mundo mudou pouco, mas ainda assim, a evolução sempre ocorreu, algumas vezes forçada pelo homem e outras de forma natural, lembre-se do tão comentado episódio dos dinossauros... — Meu pai encheu sua taça e a minha, depois comeu um pedaço de focaccia bastante azeitada e silenciou encarando o bosque à nossa frente; eu o instiguei a satisfazer minha curiosidade.

— Caso não acompanhemos as mudanças, a evolução nos deixará na retaguarda, é evidente... e quanto à fábrica de sabonetes, qual é a questão?

Meu pai olhou para a máquina de lavar que ficava na ponta da grande varanda na parte de trás da casa e argumentou:

— Está vendo aquela máquina? — Acenei que sim e ele continuou: — Humm! O que você acha que a sua mãe joga lá dentro para lavar a roupa? Uma barra de sabão ou o sabão em pó?

— Eu não tenho certeza, mas imagino que uma barra de sabão não seja apropriada em uma máquina de lavar roupas... No entanto, você poderá reinventar outra máquina de lavar roupas que utilize sabão em barra ao invés de sabão em pó.

— Eu sou fabricante de sabonetes, "porca miseria", não de máquinas... — Pela primeira vez eu olhei comovido para meu pai. Considerei sua ingenuidade e percebi fragilidade em sua reação.

Os pais envelhecem ao mesmo tempo em que os filhos ganham força e energia. É uma equação melindrosa. A degeneração dos pais se dá concomitante à estruturação dos filhos. Mesmo sentindo compaixão por meu pai, eu compreendia que, à medida que eu crescia em força física e conhecimento, eu integrava a dinâmica do ciclo intergeracional onde os filhos crescem e ultrapassam os pais. Naquela fase dos meus estudos de medicina, eu encarava a vida, quase sempre, tecnicamente. Para mim não havia nada espantoso em relação à sucessão geracional, é apenas um fenômeno natural e comum na vida das famílias e da sociedade. Um processo pelo qual uma geração de indivíduos sucede a geração anterior envolvendo mudanças nos valores e nos papéis de cada um.

— Papai, existe um termo que define bem a sua situação, não entre em pânico ou se entristeça com o progresso.

— E que termo é esse?

— Disrupção.

— Nunca ouvi falar, o que significa?

— O mesmo que romper, deixa eu lhe explicar... — Naquela altura da conversa, senti meu pai entediado com o assunto, mas pacientemente me escutou.

— É quando um produto, serviço ou mesmo um estilo de vida rompe com o anterior e se sobrepõe. Normalmente são mudanças rápidas que substituem as práticas tradicionais; avanços tecnológicos rápidos são exemplos dessas transformações que impactam substancialmente a dinâmica normal de um sistema.

— E o que eu tenho a ver com isso? — retrucou meu pai se mostrando confuso.

— Aparentemente nada, papai, pois a máquina de lavar foi inventada em 1874 e era operada manualmente; usavam sabão em barra, soda cáustica e cinza de madeira para lavar a roupa. O sabão em pó já existia desde 1946; entretanto, em grande parte das cidades do Brasil, ainda se usa o sabão em barra, que é oriundo do século VII. Contudo... as coisas estão mudando e, como você pode ver, as pessoas não vão mais aos rios lavar suas roupas. A quantidade de máquinas de lavar existentes nas casas já anuncia o fim do sabão em barra para lavar roupas ou, no mínimo, uma diminuição drástica do seu uso. E você tem que estar preparado para isso. Ou você reinventa uma máquina que utilize sabão em barra como era no início, ou começa a fabricar sabão em pó para se adequar às máquinas modernas existentes... Caso queira continuar vivo como indústria no mercado, você tem a obrigação de se envolver nas mudanças, e olha que já estão fazendo o sabão líquido para lavar roupas; é possível que daqui a algum tempo fabriquem roupas que nem precisem ser lavadas... — ironizei com um sorriso caçoador e meu pai olhou para mim certamente avaliando minha insensibilidade. O vinho me ajudara a soltar as palavras, e para meu pai, encarar os fatos seria a melhor opção.

— *Che bello*! Falar é sempre mais fácil que fazer, *caspita*; a questão é que há muita coisa envolvida em uma mudança, e a reflexão que faço é a seguinte: em determinados contextos, parar poderá ser uma opção melhor do que mudar, pois as exigências que uma transformação requer, nem sempre estamos preparados para bancar.

Naquele momento de nossa confabulação eu tive a impressão de que meu pai se sentira humilhado por minhas palavras, talvez elas tivessem soado duras demais para o momento que ele aparentemente vivia; eu me ressenti, não propriamente de minhas palavras, no entanto pela maneira e especialmente pelo momento em que foram proferidas.

— Desculpe, papai, eu me arrependo de ter sido incisivo para lhe mostrar a frieza dessa realidade.

— *Caspita*! Não há o que desculpar, você não disse nada que eu de antemão não o soubesse, as conjecturas é que me deixam um pouco abatido, vamos beber mais vinho...

Minha mãe era mineira do interior de Minas Gerais, se aproximou trazendo uma panela, abri a tampa e não me contive, fui compelido a exclamar: "Frango com vossa majestade, o quiabo", ao que meu pai respondeu: *che piatto delicioso!* Puxei uma cadeira e mamãe nos acompanhou.

Meu pai era um homem de meia-idade que tinha se mudado de Minas Gerais para o Ceará em busca de novos horizontes. Filho de italianos, apreciava um bom vinho, uma pasta e um bom prato de nhoque de batatas. Minha mãe era enérgica e buscava sempre se ocupar, ora com obrigações religiosas, ora costurava, ora trabalhava em casa; tínhamos com frequência doces e biscoitos que saboreávamos com o café forte da serra, colhido ali mesmo nas redondezas.

A vida pacata da cidade pequena tinha suas recompensas, não se ouvia falar em violência; vez por outra uma briga de bar por assuntos mal resolvidos em sua maioria por influência da cachaça. Entretanto para mim, esse deleite não era peremptório e nem poderia ser, eu era um rapaz com pretensões urbanas, as boas férias vividas em um lugar pequeno não eram garantia de permanência dilatada por muito tempo.

A pasmaceira é enfadonha, a falta de horizontes nas cidadezinhas quase sempre estimula seus jovens a buscar vida em outras partes. O êxodo é forte consequência, e na minha utopia, um dia as políticas públicas reverteriam esse ciclo. Eu cogitava atormentado: se algum dia fosse submetido, por força maior, à obrigação de viver no lugarejo, o que seria de mim? O que eu faria para inovar, para suportar o entojo? Talvez eu criasse um estilo de vida diferente, ou faria algo que me conectasse a uma cidade grande e assim justificaria visitas assíduas, obrigações habituais que exigissem viagens costumeiras. Eu certamente encontraria maneiras de vencer o tédio.

Meus dias de férias chegavam ao fim e eu me preparava para voltar. Meu pai apareceu na porta do meu quarto e se deparou com a minha ocupação ajeitando as roupas, separando o que eu levaria comigo.

— Já está arrumando as malas?

— Sim, separando algumas coisas, para evitar me esquecer.

— Mas ainda faltam alguns dias, por que toda essa antecipação?

— Sim, talvez eu esteja me antecipando, receio esquecer algo importante que me vá servir.

Inopinadamente, meu pai se abeirou de minha cama e se sentou com as duas mãos sobre os joelhos, se aproximou e me olhou intensamente. Eu vi tristeza em seus olhos e petrifiquei. De modo empírico eu aprendera desde cedo a interpretar um olhar, um gesto, uma expressão corporal e antecipar a compreensão de um assunto mesmo antes dele eclodir. Um silêncio difuso inundou o quarto e eu presenciei consternado a metamorfose de meus devaneios, pois já não eram devaneios, e sim prelúdios. Meu pai cerrou os lábios e os punhos simultaneamente e tentou sem embargo fluir sua voz e fazê-la soar natural. Apesar de notar seu esforço me mantive calado e esperei seu pronunciamento.

— Tomaz, sinto muito!... Eu e sua mãe não poderemos mais dar suporte aos seus estudos, não temos recursos suficientes para mantê-lo estudando em outra cidade. Nossas economias... Não permiti que meu pai continuasse, apesar de sua boa vontade em querer explicar os motivos, não se fazia necessário, eu havia entendido. Olhei em seus olhos e argumentei:

— Minha passagem está comprada, saio em cinco dias. — Meu pai, de cenho franzido, balançou a cabeça no intuito de questionar.

— E como você... — Fiz um gesto com as mãos no ar e pela segunda vez o interrompi não consentindo que continuasse.

— Papai, não se preocupe, chegando lá irei procurar formas de me manter e concluir meus estudos. Há sempre um novo caminho para os que são resolutos e obstinados.

Continuei com as arrumações e o dia de minha viagem se avizinhava. Em todas as vezes que me despedia de minha mãe, ela chorava como se eu fosse para a guerra; no entanto naquele dia específico em que eu voltaria para Juiz de Fora, ela negligenciou as lágrimas e se resguardou atípica; confesso ter ficado surpreso, mas evitei comentar, talvez ela tenha se habituado a me ver partir e chegar, por conseguinte, desconsiderou o choro.

CAPÍTULO VI

ASAS DA IMAGINAÇÃO. SOBREVIVER É PRECISO!

Era final de verão. Naquele dia, na cidade de clima ordinariamente ameno, fazia calor. O céu estava azul e límpido, os canais de meteorologia não anunciavam chuva; por volta das 13h, quando desembarquei na rodoviária de Juiz de Fora, o termômetro marcava 28 graus Celsius, eu sabia que a tarde seria mais fresca como era costumeiro. A brisa comumente suave carregaria consigo a promessa de alívio do calor do dia.

Abri a porta e entrei sem fazer alarde. Caminhei direto para o meu quarto quando avistei Guga no sofá da pequena sala. Como era seu costume, a própria disciplina rija nunca lhe permitiria atrasar, mesmo que eventualmente. Cumprimentei-o com entusiasmo e fui direto ao meu quarto. Aquela tarde seria definitiva no preparo das aulas que iniciariam no dia seguinte. Na sequência, não era somente o preparo das aulas que me preocupava, eu agora estava por minha conta. As palavras de meu pai reverberavam contundentes na minha cabeça. Para ambos, ele e minha mãe, eu fizera parecer fácil, mas por dentro eu me contorcia de agonia. A angústia que me assolava diante da iminência da escassez financeira para as despesas básicas era um fardo pesado.

A incerteza pairou sobre meus ombros como uma nuvem densa e opressiva. Os prazos em breve se aproximariam, a pressão mental era avassaladora e a busca por soluções era uma corrida contra o tempo.

Nesse cenário a esperança se mistura com o medo e a resiliência se torna a única aliada. Eu compreendi sobremaneira o que meu pai dissera dias atrás: "Falar é mais fácil do que fazer". A inquietação ribombava na minha mente. Como seria de agora em diante sem a ajuda dos meus pais? Conjecturei em silêncio, absorto. As aulas do curso de medicina consumiam tempo integral. Então, eu teria que encontrar tempo extra para um possível trabalho remunerado. "Devaneios... Devaneios..." Bati três vezes com as duas mãos nas laterais da minha cabeça e depois cobri o rosto com as mãos ficando assim por um longo período.

Naveguei até os confins da minha mente na procura por uma solução imediata ou ao menos uma luz verídica e redentora que aclarasse o meu caminho e me mostrasse a salvação.

As palavras do meu pai novamente ricochetearam na minha mente e atingiram em cheio o meu coração: "Em determinados contextos, parar poderá ser uma opção melhor do que mudar, pois as exigências que uma transformação requer, nem sempre estamos preparados para bancar".

Não... eu não ia parar, eu não podia parar, meu desejo de me tornar médico era forte demais para ser aquebrantado por mazelas financeiras. Eu discordava de meu pai, eu o admirava em muitos aspectos, mas não nesse, respectivamente. Eu me orgulhava por me sentir diferente, quem sabe maior, mais preparado intelectualmente, mais ousado, aliás perscrutei minha memória a fim de encontrar algum intelectual miserável, nunca tive notícias de nenhum; fortuitamente talvez, mas eu sabia ser muito raro um intelectual miserável. Ao admitir esse instinto consegui relaxar e me acalmar. Eu precisava apenas de um pouco de paz interior.

A semente da minha imaginação deveria ser cultivada no campo da harmonia. Deixar voar o pensamento e desvendar novos horizontes, sem culpa, sem tormento, sem pressão para a busca do objetivo.

Tirei as mãos do rosto e me pus de pé, arrumei minha cama, estendi o lençol e vesti com fronha limpa o travesseiro, cobri o colchão inteiro com um frouxel azul acolchoado que minha mãe me presenteara e depois me deitei com os dedos entrelaçados sob a nuca e os pés sem meias, cruzados um sobre o outro. Permaneci algum tempo nessa posição, refletindo sobre a vida e seus percalços. Assim adormeci profundamente por alguns minutos que pareceram uma eternidade; viajei num breve sonho pelo tempo e pelo espaço e inesperadamente me vi como um viajante perdido em uma floresta densa. Eu buscava desesperadamente por um caminho, mas as árvores pareciam fechar-se sobre mim.

Pouco depois, quando menos esperava, uma luz brilhou por entre os galhos. Era uma epifania, uma certeza de clareza que iluminou meu pensamento. A solução estava ali, diante de mim, como uma constelação há muito esquecida no céu noturno. Acordei sobressaltado. A inspiração fluiu como um rio, varrendo as pedras do meu medo e incerteza. Senti um alívio avassalador. Minhas mãos tremiam enquanto eu anotava rápido os detalhes de um novo plano, temendo que a revelação pudesse escapar como um sonho fugaz. Era tudo tão real, eu tinha a resposta, a chave para desvendar o enigma que me atormentava. Eu tinha certeza de haver encontrado a luz.

O problema crucial não seria mais um monstro intransponível, mas um desafio a ser enfrentado. A escuridão cedeu lugar à esperança e eu soube que, de alguma forma, eu encontraria o meu caminho. A inspiração, como um farol na noite, me guiou para fora da densa floresta de preocupações. E assim, com gratidão no coração, eu segui em frente, sabendo que a luz divina está sempre por perto, basta se lembrar. Ela está sempre à nossa espera para nos guiar quando estamos sem rumo. Naquele momento, impassível, acreditei que a solução dos problemas, em sua maioria, encontra mais guarida na calma e na tranquilidade do que no desespero e na preocupação.

Fui até a lanchonete na esquina do prédio e triturei vorazmente um sanduíche de atum. Com um pequeno suco de laranja derrubei-o ladeira abaixo pelo meu esôfago até atingir o estomago... Respirei fundo... E me senti em paz.

*****

Em Brasília, o Ministério da Educação propusera um debate para aclarar pretensas necessidades dos estudantes. Estávamos em 1985, o Brasil passava por importantes transformações na área educacional, com debates sobre o sistema escolar e a necessidade de torná-lo mais acessível e inclusivo. No final de abril seria realizada uma assembleia na qual se cogitaria a provável criação de fóruns nacionais de educação e outros espaços de interlocução entre a sociedade civil e o Estado brasileiro. Ali se debateria sobre um possível plano de desenvolvimento da educação.

Sondei cada aspecto do que seria discutido e pedi uma reunião com o reitor da universidade. Ao contrário do que muitos alunos pensavam, os reitores das universidades eram pessoas acessíveis e na sua maioria oriundos de famílias decentes e comuns. Eu não alimentava nenhum pudor hostil de me reunir com o reitor da universidade, pelo que eu sabia ele era uma pessoa que vestia as calças uma perna após a outra como qualquer mortal. Em minhas considerações, os reitores teriam galgado seus postos de sucesso através da notoriedade ao invés da riqueza e da influência do poder.

— Bom dia, senhor reitor! — cumprimentei-o de forma cortês e refinada.

— Sim, senhor, como você se chama? — se apressou o reitor antes que eu me apresentasse. Me pareceu intimidativo, mas segui em frente.

— Meu nome é Tomaz Zambom, sou estudante de medicina.

— Em que posso ajudá-lo? — indagou o reitor objetivamente.

— Estou informado a respeito da assembleia de educação que ocorrerá em Brasília no final de abril.

Nesse momento o reitor, que olhava alguns papéis em sua escrivaninha, levantou os olhos e me encarou.

— Sim, estou sabendo, eu fui convidado.

— Certamente, senhor reitor. E eu estou aqui para solicitar minha participação.

— Até o ponto onde eu sei, os organizadores convidariam somente autoridades e representantes do poder público, não está aberta ao público.

— Eu entendo, é exatamente por isso que eu gostaria de participar, pois tenho assuntos pertinentes que eu gostaria de trazer à baila.

— E que assuntos seriam, você pode me adiantar? — perguntou o reitor, ressabiado.

— Sim, naturalmente. Desejo que seja aprovada de imediato a criação de um fundo de pensão para o custeio de despesas pessoais dos alunos das universidades federais.

— Despesas pessoais de alunos? Não é um assunto que as autoridades presentes gostariam de debater ou aprovar, existem muitas outras necessidades com maior importância.

— Eu entendo, senhor reitor, mas se me dessem ao menos a oportunidade de mostrar o que penso sobre o assunto...

— Não tenho ingerência sobre a organização da assembleia, sou um mero convidado, mas deixe aí o seu nome, o que está cursando, período e... o assunto.

Dizendo isso me estendeu uma caneta e um bloco de notas que agarrei e anotei apressado tudo o que o reitor instou. Depois li para mim mesmo para me certificar de que nada fora esquecido: Tomaz Zambom, DAHC (Diretório Acadêmico Hésio Cordeiro), UFJF, curso de medicina, terceiro período. Deixei também meu endereço residencial.

Saí de lá acabrunhado e sem esperanças, não senti entusiasmo e tampouco condescendência nas feições do reitor. Após uma semana eu já não alimentava esperanças de participar da famigerada assembleia.

Com o passar dos dias Guga percebeu que eu andava cabisbaixo e meditabundo. Não demonstrava mais o apetite assombroso pelos conhecimentos de medicina nem tampouco o convidava para as acirradas discussões sobre embriologia ou imunologia, assuntos que rendiam entre nós horas a fio de argumentos e demonstrações que de certa maneira acrescentavam referências aos nossos conhecimentos.

Os nossos sábados nem sempre eram calmos, estávamos sempre às voltas com alguma demanda escolar. Mas naquele dia bem cedo saímos, eu e Guga, para jogar futebol no campo da universidade e depois iríamos esticar até algum restaurante que servisse galinha caipira para almoçarmos e nos divertir com uma cerveja ou duas.

No final da tarde fomos para casa, porém os cálculos da quantidade de cerveja consumida teriam que ser revisados; ao invés de uma ou duas cervejas, os números se estenderam com a chegada de mais alguns amigos. Na volta, passando pela portaria do prédio o porteiro me estendeu um envelope que inadvertidamente segurei; continuei andando até o hall que dava acesso ao elevador, apertei o décimo primeiro andar, girei a chave e entrei no apartamento deixando na mesa de centro da sala o envelope.

Olhei pela janela do meu quarto e o crepúsculo da tarde já se anunciava. A luz dourada do sol ainda espalhava pelo céu alguns tons de rosa, laranja e violeta. As árvores e os prédios projetavam sombras longas e elegantes e criavam um contraste dramático com o céu colorido. O ar ainda era morno, fiquei a olhar pela janela até que o véu da noite começasse a se desprender e à medida que a noite avançava eu conseguia ver algumas estrelas pontilhando o céu escuro.

A cidade ia novamente ganhando vida com o aparecimento das luzes das ruas e das casas. Meus olhos ainda tremeleavam com o resquício de embriaguez causado pelas cervejas do restaurante. É claro que, em hora oportuna, os amigos seriam responsabilizados pelo ocorrido. Olhei para a minha cama e ela retribuiu o olhar, me aproximei e fui abduzido por ela e, sem que eu percebesse, o dia amanheceu.

O domingo estava chuvoso. A minha janela emoldurava o mundo lá fora, as gotas de chuva dançando no vidro criavam um espetáculo líquido e efêmero. Me aproximei e olhei os telhados e as calçadas; os pingos da chuva ao tocar a superfície criavam padrões abstratos como se um pintor invisível obrasse com um pincel mágico expressando sua criatividade. O céu cinzento escurecia o dia lá fora, mas dentro de casa produzia uma atmosfera intimista e aconchegante. Uma xícara de café bem quente seria o desenlace desse cenário.

Para chegar na cozinha eu saía do meu quarto em um pequeno hall que dava também para o quarto de Guga, depois alguns passos até a sala e uma porta grande e dupla dava acesso direto deixando à mostra o fogão, os armários e a geladeira. De vez em quando escancarávamos a porta dupla deixando o ambiente todo integrado, assim tínhamos a percepção de um apartamento mais amplo e o vento que entrava pela janela da cozinha arejava todo o ambiente.

Em poucos minutos as notas florais do café inundariam o apartamento inteiro e seriam um convite incontroverso à degustação. Guga apareceu na porta de seu quarto e mostrou ter sonhado com os deuses. Sorrindo de lábios fechados inalava aquele aroma como se fora hipnotizado e respirava fundo absorvendo cada molécula volátil da nobre bebida. Sentou-se do outro lado da mesa e aproveitamos juntos aquele agradável momento comendo bolo de milho e bebendo o café coado naquele instante.

— O cheiro do café me acordou — exclamou Guga.

— Eu imaginei — concordei sorrindo.

Guga, em um relance de olhos através da porta dupla, avistou algo em cima da mesa de centro da sala. Levantou-se e foi até lá, apanhou um envelope branco e retornou. Curiosamente, leu o remetente e me mostrou com um olhar interpelador. Apanhei de suas mãos o envelope e o abri de imediato. Boquiaberto distingui a proveniência daquela carta. Era de Brasília.

O convite fora dirigido a mim como representante do DAHC. Abaixo havia um nome, um número de telefone e um pedido para que eu entrasse em contato e confirmasse minha presença.

*****

Brasília, capital do Brasil, está localizada no Planalto Central, na Região Centro-Oeste do país. Cheguei antes do horário previsto e me identifiquei; a atendente de cabelos pretos e olhos rasgados tinha a boca grande e os dentes muito brancos; disfarçadamente notei que seu rosto, levemente arredondado, lhe atribuía uma fisionomia característica da mescla de influências étnicas ancestrais. Ela me atendeu gentilmente conferindo minha inscrição e me indicou algumas poltronas no meio do saguão, disse que eu esperasse, pois ainda não estava na hora de entrar.

Rodei pelo enorme hall de entrada do prédio e olhei para o grande painel na entrada do salão. Comecei a ler informações sobre a cidade e alguns aspectos geográficos: "Brasília apresenta um clima tropical continental com duas estações bem definidas: um verão chuvoso e um inverno seco"; "situada no Planalto Central brasileiro, sua altitude varia entre 800 e 1.350 metros acima do nível do mar"; "gentílico: brasiliense...".

O reitor passou por mim e entramos juntos no salão. Os discursos foram muitos e abordaram alguns temas importantes sobre a educação. O dia foi longo e assoberbado entre discursos e altercações. Pouco antes do encerramento a mesma atendente se aproximou de mim dizendo que eu seria o próximo a falar. Ajustei meu corpo na poltrona almofadada e aguardei ser anunciado.

Prezados colegas, autoridades e convidados desta assembleia:

Hoje venho a esta assembleia com um propósito nobre e urgente: pleitear a aprovação de uma pensão para estudantes de universidades federais. Como cidadãos conscientes, sabemos que a educação é a base para o desenvolvimento de uma nação. Nossos jovens, ao buscarem o ensino superior, estão investindo em si mesmos e no futuro do nosso país.

É com grande honra e responsabilidade que me dirijo a todos vocês hoje para discutir um tema crucial para o futuro de nossa nação: a subsistência do estudante de universidades federais durante todo o período do curso. Como é sabido, existe uma leva de estudantes residentes em cidades do interior que não têm como se manter na cidade onde estudam. Como representantes comprometidos com a educação, temos o dever de garantir que nossos jovens tenham condições adequadas para se dedicarem aos estudos, sem que a falta de recursos básicos seja um obstáculo intransponível.

Nossos estudantes enfrentam desafios diários. Muitos deles vêm de famílias de baixa renda, que lutam para garantir o básico: alimentação, moradia e transporte. A falta de recursos financeiros não deve ser um impedimento para a busca do conhecimento. Afinal, a educação é um direito fundamental e um investimento no futuro de nossa sociedade. As políticas de assistência estudantil desempenham um papel decisivo e determinante na subsistência dos estudantes. Bolsas, auxílios-moradia, alimentação e transporte são essenciais para que eles possam se concentrar nos estudos, sem se preocupar com a próxima refeição ou com um teto sobre suas cabeças. A assistência estudantil não é um luxo, e sim uma condição para que o estudante siga em frente e conclua sua formação. Sabemos que a assistência atual não é suficiente. É necessário ampliar o alcance dessas políticas, simplificar os processos de solicitação e garantir que todos os estudantes elegíveis sejam atendidos.

Não podemos permitir que a falta de recursos financeiros impeça o acesso à educação superior. A subsistência do estudante é um direito inalienável e um investimento no desenvolvimento do nosso país. Juntos podemos construir um futuro mais justo e igualitário, onde todos os estudantes tenham as condições necessárias para se dedicar ao conhecimento. Vamos unir nossas vozes em prol dessa causa justa e necessária. Que possamos aprovar essa pensão em caráter imediato e contribuir para a formação de profissionais capacitados, cidadãos conscientes e um país mais forte.

Muito obrigado pela atenção de todos. Vamos trabalhar juntos para garantir que nossos estudantes tenham um caminho digno e promissor em direção ao sucesso acadêmico e profissional.

Ao findar meu discurso percebi que toda a assembleia emudeceu. As primeiras palmas vieram, para minha surpresa, do senhor reitor da UFJF. Os espectadores o seguiram e todos se levantaram e ficaram de pé para me aplaudir. Eu julguei a partir desse gesto que meu pedido seria aceito, minha súplica seria acolhida. As minhas necessidades pessoais talvez tenham me sabotado e me induzido a pensar que, em um passe de mágica, a semente que eu lancei germinaria, se transformaria em uma linda árvore e frutificaria para que eu colhesse os frutos.

Nenhuma árvore cresce e frutifica imediatamente após ter sua semente lançada no campo. Precipuamente na política. As coisas levam tempo, é natural. Os assuntos são diversos e os interesses são adversos. Mas eu tinha que lançar a semente, mesmo que ela levasse 26 anos para germinar em forma de fóruns nacionais. A semente fora lançada.

CAPÍTULO VII

PREDESTINAÇÃO

— E agora? O que pensa fazer? Você vai se casar com ela? — indagou Guga.

— Não sei, estou desesperado, não sei o que fazer, eu nunca pensei em me casar tão jovem, tenho apenas vinte anos de idade — respondi na tentativa de me explicar.

— Você já é um homem, vinte anos é uma idade boa pra se casar, nos tempos de hoje os homens se casam cedo e lembre-se que em breve você terá vinte e um, seu aniversário está chegando.

— Eu sei que os homens se casam cedo hoje em dia, mas não eu, tenho muito ainda o que realizar antes de me comprometer com alguém. Além do mais nunca pensei em me casar com Ivana.

— Mas para que você namora, qual é o intuito?

— Eu namoro porque é gostoso namorar, todo mundo namora, beijar, abraçar, transar, é confortante, relaxante, além de me fazer sentir homem.

— Você está transando com sua namorada?

— Sim, naturalmente, somos dois adultos — respondi encolerizado.

— Ela era virgem quando começaram? — E Guga me olhou ressabiado.

— Ela me disse que sim, mas não vi nenhum sangramento quando transamos pela primeira vez; ela insiste que era virgem, mas as mulheres que a conheciam diziam que ela não era mais virgem. Ivana me relatou que até foi ao ginecologista depois de transar comigo. Como eu posso ter certeza? Apenas desconfio que ela já teria transado antes, porque morava com amigos; saiu de casa cedo, aos dezenove anos, e aqui nos Estados Unidos as mulheres são mais liberais, uma jovem de vinte anos não fica sem transar.

— E a virgindade tem muita importância pra você?

Eu estava começando a ficar entediado com as perguntas do meu amigo, não parecia mais a mesma pessoa.

— Que pergunta é essa? Nós fomos estudantes de medicina — retruquei inconformado.

— Eu ainda sou — emendou Guga sorrindo para mim. Eu sorri de volta e voltei a reconhecer o grande amigo que outrora passava horas a fio me atormentando com questões existenciais.

— Nunca pensei muito em virgindade, mas convenhamos, ser o primeiro homem de uma mulher deve ser algo inesquecível. Sei que isso não muda nada, ela pode simplesmente transar para se divertir, muitas fazem isso. Não necessariamente se apaixonam pelo primeiro homem, apenas tomam a decisão de não ser mais virgem e ter a sensação de estar liberada para transar com quem quiser e quando quiser. Sinceramente, o que me importa mais é que Ivana seja sincera e verdadeira comigo, seria bem melhor e eu estaria mais confiante. Como vou iniciar um relacionamento supostamente duradouro se a mulher já começa mentindo pra mim? Irei desconfiar de tudo o mais que ela me disser, é o que eu penso.

— Você gosta dela?

— Eu gosto de fazer amor com ela, a gente se diverte muito, saímos à noite, ela cuida de mim. Sabe cozinhar, seu tempero é divino, sabe fazer vários tipos de pratos e é muito trabalhadeira.

— Está correto dizer trabalhadeira? — Guga zombou como se eu tivesse esquecido a minha língua, o português.

— Sim, por que não? O termo caiu em desuso, contudo não significa que esteja gramaticalmente errado, aliás nem todas as trabalhadoras são trabalhadeiras.

— Mas todas as trabalhadeiras são trabalhadoras.

— Normalmente sim, a menos que estejam desempregadas.

Desde os tempos de faculdade que eu e Guga gostávamos de brincar com as palavras, com os substantivos e adjetivos do português.

— A Ivana é rica? — inquiriu Guga.

— Não…

— Então é pobre?

— Todas as pessoas que não são ricas têm necessariamente que ser pobres? — ponderei indignado.

— Não necessariamente.

— Ela gosta de dinheiro, a Ivana gosta de coisas boas. Contudo, ela me pediu dinheiro emprestado e não devolveu, sabe por quê?

— Só posso saber se você me disser.

— Ela comprou um presente para mim no dia do meu aniversário; um presente bom, uma câmera Canon T50 com um zoom enorme; era o meu sonho e ela sabia que eu desejava ter uma daquelas, então ela me deu de presente... Passado algum tempo eu perguntei pelo dinheiro que havia emprestado a ela e disse que o queria de volta, sabe o que ela me respondeu?

— Não, o quê?

— Que o dinheiro emprestado fora gasto comigo mesmo; foi para comprar o meu presente, portanto ela não precisava mais pagar de volta, juro que achei estranho. Ora, o meu presente de aniversário foi dado a mim, por mim mesmo, isso é um contrassenso, não acha?

— Foi uma manobra — retrucou Guga.

— Evidente que foi uma manobra, não achei apropriado; afinal, se eu quisesse dar a mim mesmo um presente, eu próprio o teria comprado; ir até a loja é a tarefa mais fácil.

— Correto.

— Através dessas coisas a gente vai sempre desconfiando, são pequenas e frequentes manobras assim que compõem o caráter de uma pessoa.

— Concordo.

— Uma outra vez ela me pediu um presente de aniversário, e eu concordei que o daria a ela. Na véspera, me passou um endereço e determinou que eu fosse até a joalheria; ela havia escolhido o tal regalo. Chegando lá, me identifiquei para apanhar a encomenda de Ivana; o gerente me apresentou a conta, quase desmoronei, um anel de brilhante hàvia sido encomendado em meu nome.

— Uau... E você pagou?

— A partir daí eu já estava devendo. Paguei contrariado uma fortuna, dinheiro que eu estava economizando há tempos. Eu havia concordado de bom grado em lhe dar um presente, no entanto tínhamos apenas seis meses de namoro. Eu não aspirava dar a ela um anel de brilhante no sexto mês, portanto comecei a pensar: "essa menina é espertalhona", mas deixei correr o tempo.

— E você também não estava sendo interesseiro? — questionou Guga, matreiro.

— Havia vantagens; eu tinha uma namorada para trocar ideias, sair nos fins de semana, transar; a partir daí, ela foi me envolvendo, nossas famílias eram velhas conhecidas.

— Sendo assim, você tinha algum interesse no namoro com ela?

— Eu conhecia toda a família de Ivana, ela soube me envolver. Uma vez, premeditadamente, ela entregou o apartamento alugado onde morava com amigos e alegou não ter mais onde morar, reiterou precisar de ajuda. Se mudou para o meu apartamento e estabeleceu, assim, uma união estável comigo a contragosto.

— Humm!...

— Alguns meses depois, me dando conta de que aquela seria mais uma manobra para me segurar, dei um jeito de entregar o apartamento alugado; a justificativa foi que meu irmão adoecera e eu iria morar com ele para melhores cuidados.

— Por falar em manobra... — Guga comentou rindo do próprio comentário.

— Assim desvencilhei-me da união estável, que se tornaria muito séria se continuássemos a viver juntos.

— Você foi ladino — observou Guga.

— Verdadeiramente, eu não quero me casar ainda, sou jovem demais e cheio de sonhos, penso em aproveitar um pouco mais a vida antes de me embrenhar em um casamento e ser aprisionado na relação. Sei que sou um rapaz interessante, muito trabalhador e inteligente, pretendo continuar meus estudos de medicina.

— Foi uma pena você ter abandonado no terceiro período — complementou Guga insatisfeito com o fato de eu não ter conseguido continuar os estudos.

— Certamente... Lamentei muito o fato — respondi consternado. — Cheguei a um ponto insustentável de angústia a respeito das condições financeiras.

— E quando você pensa em voltar?

— Tão logo eu tenha economizado o suficiente para me manter com as contas pessoais durante o período do curso.

Expliquei para Guga que o curso de medicina não fora abandonado. Minha matrícula estava trancada e eu deveria retornar antes do prazo determinado, caso contrário eu perderia a vaga.

— Me fale mais sobre a Ivana.

— O namoro seguiu em frente, eu gostava dela, mas não para casar assim tão rapidamente, e ela... não se cansava de me lembrar que já tínhamos um ano de namoro e precisávamos tomar uma decisão. Eu achava pouco um ano de namoro, eu queria mais prazo para pensar em tudo à minha volta.

— A intensidade na relação pode significar mais que o tempo de namoro, não acha? — argumentou Guga pondo à prova o meu senso de proporção.

— É possível, desde que se tenha estabelecido um objetivo único para ambos. Havendo discordância quanto aos destinos, é preciso mais tempo para que determinados ajustes sejam feitos.

Guga demonstrou ter apreciado minhas considerações a respeito do tempo de namoro e prosseguiu:

— Concordo, a definição do caminho a ser percorrido pelos dois é um bom indicativo de que olham na mesma direção. É essencial. Importante, principalmente para as mulheres, que requisitam segurança o tempo todo; procuram obter dos parceiros o comprometimento tão fundamental para que consigam se entregar completamente.

— Continue, por favor! — determinei.

— As mulheres têm medo, é da natureza delas, e ainda mais em um mundo como esse em que vivemos, cheio de violência e maus-tratos; por isso depositam nos homens, seus parceiros, tanta confiança, pois sabem que é da natureza do homem ter coragem. Assim se sentem protegidas. As mulheres gostam e precisam dessa sensação. Algumas até se iludem superestimando a força que existe em seus parceiros. Para elas seu homem é invencível, indestrutível, preferem em muitos casos conviver com a ilusão de que seu amado é um super-herói onipotente.

— Mas... continue, Tomaz, o que o fez se apegar tanto à Ivana?

— Eu poderia atribuir à carência, desde que pisei aqui, minha vida se resume em trabalho. Mas não gostaria de ser ridículo. Às vezes comparo a vida de imigrantes a um eldorado onde as pessoas vão em busca de dinheiro rápido a fim de retornarem para suas famílias. Muitos compram um carro novo, reformam a casa, fazem um "pé de meia". Veja meu objetivo, eu vim trabalhar aqui porque pensei ser um atalho melhor e mais rápido para alcançar meu propósito de voltar à faculdade de medicina. Os salários aqui são melhores e o dólar anda valorizado.

— E você não se sente privilegiado por estar com Ivana?

— Para mim é normal, nunca fui assim tão carente de mulheres até o ponto do pânico ou do medo da solidão que transforma tantas pessoas em reféns umas das outras, e até afetivamente dependentes. Eu me viro bem sozinho, caso tenha que ficar sem ninguém. Os livros sempre me fizeram companhia, a música sempre me fez companhia, os estudos sempre me fizeram companhia. Ademais, eu sempre tive bons amigos, considero o fato de ter amigos, de extrema importância. Os amigos também me fazem companhia. Ter um relacionamento a dois é bom, mas não é o fim do mundo caso eu fique sozinho.

— Sim, claro… — ponderou Guga franzindo o cenho e mostrando as palmas das mãos numa expressão ambígua de concordância e indagação.

— E ainda existe o trabalho com o qual ocupamos grande parte do dia… ou da noite para alguns.

— Eu preciso ir — arrematou Guga. — Meu voo sai em algumas horas.

Guga se despediu de mim e naquele mesmo dia retornou ao Brasil para continuar os estudos de medicina. Na despedida lamentou de novo o fato de eu ter descontinuado os estudos, mas eu permaneci calado.

*****

Passou-se um ano e oito meses desde o início do namoro com Ivana. Eu senti que era hora de voltar para casa no Brasil, com o dinheiro acumulado em dois anos e meio de trabalho exaustivo; fiz investimentos certeiros e arrecadei o suficiente para continuar minha vida e retomar tudo de onde havia parado. Assim, no mês de agosto decidi comunicar à Ivana a minha decisão de deixar os Estados Unidos e retornar ao Brasil. Ela ficou agastada, não queria que eu voltasse, sabia que no Brasil eu encontraria muitas outras garotas jovens, bonitas e interessantes para namorar. Presumia e projetava a possível perda caso eu me fosse.

Eu estava então com vinte e dois anos de idade. Ivana sentiu que o namoro estaria ameaçado, chateou-se, emburrou e ficou triste com o meu comunicado. Mas, enfim, continuamos o namoro assim mesmo, porém eu dizia a ela que eu não tomaria decisão alguma antes de regressar ao meu país; muita coisa inacabada esperava pela chance de ser concluída. Ela se recusava a dobrar-se a um capricho como o meu, até o dia em que lhe mostrei os bilhetes previamente comprados com a data de 15 de dezembro.

Tomei a decisão coerente com o que me propus a fazer. Eu tinha que retornar para a faculdade de medicina, eu deveria prosseguir com minha vocação; o meu ideal havia sido traçado tempos atrás e por um percalço do destino eu não o teria alcançado.

Dois meses após lhe mostrar as passagens para o Brasil, Ivana me comunicou que estava grávida. Era início de outubro, meu mundo desabou, me vi perdido, completamente sem rumo. Atônito com a notícia, fiquei perturbado e incapaz de ao menos lhe dar os parabéns pela gravidez; um erro do qual não me orgulho, mas ponderei de certa forma: E o anticoncepcional? Afinal, ela estava ou não tomando a pílula? Mais tarde eu viria a saber que é possível engravidar mesmo com o uso de anticoncepcionais, e que as pílulas não são 100% seguras quando o assunto é concepção. O caso é que, analisando todo o cenário e o grande desejo de Ivana em se casar comigo, a trama poderia ter envolvido uma gravidez premeditada e isso me deixou ainda mais apreensivo.

Permaneci inflexível e mantive o meu plano de regressar ao Brasil mesmo diante da "adversidade" das circunstâncias. Meu aniversário chegou e decidimos fazer uma pequena festa no apartamento onde eu residia com meu irmão. A família dela compareceu em peso, todos vieram, seus primos, os cunhados, inclusive a tia Helena, mulher sisuda e de pouca conversa, atendente de bar que de forma acaçapada dava para todo o universo masculino em troca de dinheiro, mas nunca se intitulava prostituta. "Tenho um trabalho digno", resmungava ela sempre orgulhosa.

Naquele dado momento eu não tinha certeza se Ivana havia ou não comunicado aos pais e familiares o fato da gravidez; senti, a deduzir pelas piadinhas, que todos esperavam um pedido de casamento ou ao menos um noivado, algo que desse esperança de permanecermos juntos. Me mantive irredutível, não comentei o assunto. Continuei a celebrar meu aniversário até a festa acabar e os convidados se retirarem. Decepcionados provavelmente e aguardando meus próximos passos, quais seriam minhas próximas mexidas; permaneci silente, a agonia de ser obrigado a tomar uma decisão tão séria me deixava atemorizado, lívido, quase em pânico, porém mantive o controle.

Em alguns dias recebi o comunicado, pela própria Ivana, de que o pai dela precisava conversar comigo; respirei fundo e fui até a casa dela no dia combinado. Eu sabia o que me esperava ou ao menos imaginava que seria uma grande pressão para me casar. O pai dela foi intencionalmente complacente, já tinha passado por isso. As duas primeiras filhas tinham se casado grávidas. Naqueles dias casar-se grávida era quase uma cultura; muitas mulheres se casavam grávidas ou engravidavam para se casar; a pergunta que ele me fez era de certa forma esperada e imaginada por mim: "o que você pretende fazer, como vai resolver essa situação? Se você quiser a gente prepara tudo e vocês se casam"... A minha resposta naquele momento foi única, mesmo porque eu não poderia encontrar outra em dada circunstância. Respondi ressabiado:

— "Vou ao Brasil, pois tenho uma passagem comprada, quando eu voltar iremos repisar essa questão do casamento".

Não negligenciei a hipótese de ter que prometer, para cumprir somente depois de verificar certas situações. O pai dela não ficou contente, mas se deu por vencido. Não havia o que fazer, não estávamos mais no tempo em que o delegado de polícia obrigava o namorado afoito a se casar. E onde a honra da família da noiva era lavada com sangue. A minha decisão não foi acordada, ainda assim, foi adotada por ele. Não tinha o que fazer, e eu saí de lá um tanto quanto aliviado, pelo menos ninguém pôs uma arma na minha cabeça; eu era um rapaz bom, admirado por todos, amigo de todos, julguei terem ficado decepcionados, não era essa a resposta que esperavam de um rapaz tão querido.

Os dias que se seguiram foram quase normais entre mim e Ivana, afora o fato de minha viagem entristecê-la bastante; conversávamos sobre muitas coisas e o nome da criança foi escolhido — Douglas seria um nome forte; a princípio não concordei, mas quem era eu para discordar; aceitei de imediato a decisão dela como se o filho não fosse meu; ela tinha a prerrogativa, era a mãe e eu nem pensava em me casar: resignei-me e abdiquei de qualquer direito que porventura eu pudesse ter nesse mérito. Douglas, portanto, deveria ser.

Dezembro chegou e o dia da minha viagem se aproximava, Ivana se incumbiu imperativamente de acompanhar os preparativos; eu estaria de volta em breve, no entanto deveria marchar, era necessário aliviar todo aquele estresse, obter opiniões de pessoas que eu julgasse suficientemente sábias para me aconselhar. Parti para o Brasil no dia 15 de dezembro; Ivana se quedou desolada, não obstante resignada, não havia o que fazer senão aguardar.

CAPÍTULO VIII

O MACIÇO DE BATURITÉ

A formação rochosa do sertão cearense, adensada de pequenas cidades e vilas exuberantes, exibe em sua face variadas espécies de bichos e plantas que tornam riquíssima a sua biodiversidade. As pequenas casas avultam seu charme com suas pitorescas amuradas de pedras, rompidas pelos xaxins que, com a fúria de suas raízes, penetram centenárias construções desvirginando seus baldrames como intrusos naturais e oferecendo um cenário espetacular aos visitantes transeuntes que desfrutam do clima ameno da serra.

Por todos os lados se avistam endêmicas orquídeas e bromélias a exultar o Criador com seu colorido esfuziante, as begônias enroupam a floresta num misto de caos e beleza e ornamentam a mata para o deleite de caxinguelês e suçuaranas que povoam a selva e desfrutam dela. Do Pico-Alto, ponto culminante do maciço, se avista toda a cadeia de montanhas em um panorama inigualável que suga o olhar de quem espreita e convida a uma contemplação esplêndida da criação.

O primeiro calafrio que senti dentro da aeronave foi devido à extravagante turbulência causada pelas dançantes correntes de ar advindas das adjacências das montanhas, o solavanco da turbulência deixava claro que estávamos sobrevoando o maciço de Baturité, portanto pousaríamos em breve. Assim pude perceber, como um nativo experiente, que a bela Fortaleza estava próxima. Após quase três anos de árduas tarefas e incontáveis horas de trabalho, longos e extenuantes dias laborais, aqui estava eu de volta ao lar, de volta a minha querida pátria, de volta ao Brasil, terra de meus pais e minha família. Como é gratificante retornar, como é confortante a expectativa do encontro com minhas raízes, meu passado, as pessoas que cá deixei a esperar que um dia eu certamente voltaria a vê-las.

Cheguei ao Brasil emocionado, já tinha comprado um carro quase novo que me aguardava no estacionamento, lindo, quatro portas de cor cinza, era tudo o que eu sonhara. O dinheiro que estava no banco era suficiente para uma temporada digna, comecei a curtir a vida, a exibir meu novo carro e a charlar com as meninas, flertando com todas que se aproximavam de mim. E não eram poucas, eu queria tudo, eu queria todas e muitas me queriam, brinquei muito, passeei bastante, viajei, e durante quatro meses fingi para mim mesmo que ninguém me esperava, simulei que nada acontecera, que nenhuma mulher, especialmente grávida, esperava ansiosa por uma resposta.

Durante quatro meses, pouco me comuniquei com Ivana. Recebi alguns telefonemas dela, mas quando eu falava não transmitia a mensagem de homem apaixonado, resolvido ou decidido. Era frio, era indiferente, não perguntava como ela estava, como estava a gravidez, eu queria que tudo aquilo fizesse parte de um outro mundo, ou de um sonho onde eu vivera, mas de que havia acordado. Eu não queria sonhar aquele mesmo sonho novamente, não era a minha realidade, eu estava no Brasil. Estados Unidos era distante, uma terra longínqua, um transe vivido por mim, mas aqui eu estava seguro, eu havia despertado, ninguém me atormentava com a ideia de casamento e de criar um filho aos vinte e dois anos de idade.

Havia sim uma sensação de segurança por estar distante, contudo o pensamento em Ivana era presente e insistia em se estabelecer nos meus neurônios, impregnando meu subconsciente, os flashes aflorando em minha mente a todo momento, eu não me esquecia um instante sequer.

— Você tem uma mistura muito grande na sua cabeça — retrucou o velho padre francês, que por ora visitava o Brasil se hospedando na casa de minha mãe, respondendo ao meu desabafo; eu buscava uma resposta, porém tudo que consegui foi um diagnóstico revelador do meu estado de consciência. Era a verdade e eu ansiava pelo momento em que eu me desvencilhasse de tal perturbação moral. Sempre fui um rapaz bom, senti que havia procedido de forma controversa a respeito da gravidez de Ivana; eu sofria com a decisão que estava prestes a tomar e sofria com a perspectiva de aceitar tudo como estava posto, ou imposto pelas circunstâncias; o fato da gravidez, a perspectiva de me casar com Ivana juntamente com o panorama de nunca mais ser um homem solteiro e dono dos meus movimentos.

Encaminhei meus pensamentos aos grandes filósofos da história, perquirindo soluções imediatas: aonde está você Pitágoras, que não equaciona o meu dilema? Oh, nobre Arquimedes! Usa a alavanca, me tira deste buraco. E agora Santo Agostinho, o que dizer da "medida do amor"? Será mesmo, "amar sem medida?" Cadê você grande Sócrates? Estou desconhecendo a mim mesmo em cada reflexão que faço.

Uma vez em conversa com um amigo, ele, em tom jocoso, me relatou o fato de que, "caso eu me casasse nunca mais voltaria a ser solteiro, seria qualquer outra coisa: separado, divorciado, viúvo… solteiro nunca mais". Isso era pavoroso, quase um pânico. Fui ao encontro de um outro grande amigo da época da faculdade que exclamou: "o tempo é um santo remédio", ouvi atentamente dele, ao ver minha angústia em decorrência do que eu vivia, suas palavras me acalentaram, redundaram em minha cabeça algumas dezenas de vezes. Consegui abrandar minha inquietação e deixei o tempo me levar aonde quer que fosse, mas a certeza de não querer me casar era a convicção maior.

O desconforto que a iminência do casamento me causou repicando em minha mente a cada instante era como um sussurro em meus ouvidos que apenas confirmava a clareza da minha convicção. Deixei passar os dias, tranquilizei meus pensamentos e permiti que o remédio do tempo curasse a minha dor, restariam sequelas incontestáveis, contudo a dor seria debelada. Passei, por conseguinte, a conhecer e me relacionar com muitas mulheres belas, anônimas e interessantes. A vida pulsando na juventude plena. Naquelas garotas a invejável candura era o meu fascínio.

A Raquel era linda, seus olhos grandes e verdes cintilavam como um prisma ao me olhar, era perfeita para mim, saí com ela algumas vezes e até senti o prelúdio de um namoro duradouro e promissor. Nos abraçamos, nos beijamos com volúpia e lascívia, um tipo de ardor que brotava da alma. Contudo, o meu único desejo era diversão, sem intencionar nada sério com mulher alguma.

Cibelly era formosa, linda, nos conhecíamos desde a adolescência. Um namorico inocente ocorrera no passado entre nós; agora universitária, era mais madura, interessante e pretendia retomar nossa história que por um impulso do acaso fora descontinuada. Menina boa, decente, inteligente. Cibelly era meiga, dócil. Tinha olhos de avelã e era dotada de tudo o que eu procurava em uma mulher; eu gostava dela, porém, fazer amor, me deleitar e deliciar era o único desejo que prosperava em mim.

Em Iolanda eu enxergava a personificação da honestidade, poderíamos ter vivido um grande amor daqueles que se renovam a cada dia, daqueles que a cada instante se fortalecem com o emprego do carinho, do respeito e da boa vontade.

Nérah, um misto de ingenuidade e despudor, representava o perigo intransigente. O amor avassalador e de trânsito rápido era, sobretudo, o que eu cogitava em minha temporada no Brasil, o que eu tão somente ansiava por viver.

O desespero ante me ver casado desencadeara em mim o capricho de viver tudo de uma única vez, tudo ao mesmo tempo, Raquel, Cibelly, Nérah, Adrienne, Helena, Gilda, Iolanda... Meu Deus! Eu queria todas as mulheres como se estivesse me despedindo do mundo, indo para a guerra ou para a prisão, a ideia ameaçadora do casamento iminente e inexorável fez brotar em mim a promiscuidade desenfreada, a fornicação frequente e absurda, o total desprezo pelos valores que aquelas mulheres me apresentavam e que eu reconhecia, mas me recusava a aceitar e a acolher.

Eu vivenciei essa experiência com um certo amargor, pois foram muitas as chances e grandes as oportunidades que a vida me apresentou de ter um casamento normal e repleto de amor. Tudo foi desperdiçado por mim em função do proveito da vida a qualquer custo. É difícil sair impune caso as dádivas da vida sejam desperdiçadas e eu dilapidei grandes porções de oportunidade em função do assombro ante o casamento e o 'entusiasmo exacerbado ante o desfrute da vida, a curtição e o deleite. Briguei com os filósofos, me desentendi com os santos e argumentei com Deus. A reprimenda veio do Céu, veemente e divina, atingiu meu cérebro e reverberou na minha alma: "Não faças filho se não podes ser pai".

Quatro meses se passaram e o retorno à faculdade de medicina não era mais uma realidade, fora postergado em virtude da gravidez de Ivana. Era hora de voltar aos Estados Unidos para enfrentar a situação. Desde criança tive como premissa encarar de frente os problemas, nunca desertar, nunca me acovardar, adiar talvez, quando as circunstâncias exigissem, mas nunca virar as costas ao que quer que fosse. Desse modo, dado o devido tempo de verificação interna dos fatos, minha função era retornar e esclarecer o que tivesse que ser esclarecido, dizer o que houvesse a ser dito e enfrentar o que tivesse que ser enfrentado. Incumbir-me das consequências fossem quais fossem. Após concluídas inúmeras análises de toda a conjuntura, agora, sim, eu me sentia pronto, eu conseguira decidir, definir o contexto e, enfim, relaxar.

*****

O avião seguiu uma trajetória descendente e controlada sobre a Jamaica Bay, antes de alinhar-se com uma das pistas principais. Desceu gradualmente e de forma suave pousou no aeroporto Kennedy, no bairro do Queens. Fui direto para a casa do meu irmão, onde morei por alguns meses, não comuniquei à Ivana a minha chegada, desconheço como se sucedeu, mas ela me descobriu.

— Você está aqui? — indagou a voz do outro lado da linha.

— Sim, estou — respondi confiante.

— Quanto tempo faz?

— Há apenas uma semana.

— E por que não me ligou?

— Eu precisava me organizar. — Tentei em vão justificar. — Mas... precisamos conversar — emendei desenhando confissão.

— Certamente precisamos, vamos nos encontrar. — Ivana estava firme em suas palavras, esperei por punição imediata.

— Venha até aqui, estaremos mais tranquilos, estou sozinho em casa.

Em poucos minutos o som da campainha fez meu peito estremecer, meu coração batia forte como a querer saltar do peito e meu estômago se contorcia; a ansiedade tomou conta dos meus neurônios e meus pensamentos se enevoaram por um instante. Abri a porta, o meu sorriso artificialmente inocente não era satisfatório e tampouco convincente, pude perceber. Ivana entrou e, naquele momento, senti por ela um enorme carinho. A protuberância de sua gravidez me comoveu, estava linda, bem penteada e com um vestido apropriado para gestantes, era uma deslumbrante visão.

Naquele momento me dei conta de que minha mente poderia estar blefando e me sabotando ao determinar medo nessa relação, a graciosidade da gravidez é uma magia esplêndida, encantadora, é tão grandemente sublime que é capaz de afracar os corações mais insensíveis, mais rijos e cimentados como eu pensava ser o meu. Por um instante deparei-me com a insanidade total e fiquei estarrecido, estático e bobo pela aparição angelical de Ivana, plena de graciosidade. Ainda compenetrado em minha própria perplexidade, convidei-a a entrar e se sentar, nunca fui mal-educado nem rude, era o mínimo que eu deveria fazer. Ela entrou, aceitou de bom grado o convite para se sentar e seu rosto enrubesceu antes mesmo de pronunciar as primeiras palavras.

AMOR E REBELDIA

— Eu não te reconheço mais, você se tornou um estranho para mim, você não é mais aquele rapaz que conheci há bem pouco tempo.

— Ainda sou o mesmo, Ivana, a sua percepção de mim talvez tenha sido alterada, é normal, há quatro meses não nos vemos.

— Não é isso, posso ver que você é você, mas esse estranhamento não é acintoso nem voluntário, é a tradução mais real do que estou sentindo neste momento e do que senti assim que entrei aqui, não te reconheço mais.

Eu sabia que, apesar da condição tão especialmente bela de sua gravidez, Ivana ainda era Ivana e seria sempre Ivana na sua essência. Talvez sua afirmação de não estar me reconhecendo fosse apenas uma forma de pressionar minha consciência, aceitei como mais uma manobra e não me comovi tanto. Eu sabia existirem palavras com muito mais força de persuasão que poderiam ter sido usadas, julguei inocente sua estratégia para me comover, considerei como um detalhe do nosso diálogo.

— Como você está?

— Estou muito bem como você pode ver, apesar de você.

— Entendo.

— Eu lutarei por essa criança que agora é a definição da minha vida, farei tudo para que cresça saudável e feliz.

— Eu também sou parte dessa gravidez, vamos criar nosso filho juntos, Ivana.

— Sem estarmos casados? Como você pode esperar que eu aceite tal condição?

— Não é preciso estarmos casados para criarmos juntos o nosso filho, ele é meu filho e quero participar da vida dele assim como você. É uma questão de direito e de amor acima de tudo — respondi desajeitado e, sem poder evitar o embargo na voz, tentei disfarçar elogiando o brilho do cabelo dela, mas foi inútil.

— Eu não preciso que me elogie, o que eu preciso é que você viva para mim e para o nosso filho, não haverá como você ter um filho se não tiver a mãe dele.

— Não exagere, Ivana, por favor! As coisas mudaram e a vida não se resume em casamento. Hoje em dia existem muitas formas de fazermos parte da vida de uma criança mesmo sem estarmos casados, eu estou cheio de boa vontade para criarmos juntos o nosso filho.

105

— Como você acha que posso acreditar em você depois de tantas promessas não cumpridas? Você não cumpriu o que prometeu ao meu pai antes de viajar, eu me lembro muito bem! Você dizendo a ele que viajaria ao Brasil, mas que voltaria em breve para ver as questões do casamento e, agora, você diz que quer criar nosso filho juntos e despista a questão do casamento. Tomaz, não acredito mais em você, nem sei por que estou aqui… Acho que minha condição de grávida me deixou sensibilizada.

Ivana debruçou o rosto sobre as mãos espalmadas num choro profundo e sentido entre soluços e suspiros, senti por ela uma admiração que até então não havia sentido. Desta vez pude enxergar na honestidade de suas lágrimas a profundidade de sua apreensão; casar-se era uma consideração crucial para Ivana, parecia a essência de todo o seu desejo, algo pelo qual ela estava disposta a lutar sem tréguas, eu podia sentir em seu pranto a dor de uma meta não alcançada; a frustração de um ideal não vislumbrado; a terra prometida nunca adentrada; a essência da decepção ante o revés na jornada.

Meu coração se atarantou num êxtase inexplicável. Bem ali, aturdido com o que provocara nela, que pessoa horrível eu era, como eu podia negar àquela moça o que ela mais queria? Algo pelo qual sua vida parecia ser movida… Que monstro era eu para não me aplacar diante de lágrimas tão sinceras? Senti meu peito arder e minha mente se acinzentar. Tentei amiúde entender minha reação e, quem sabe, me prostrar; me ajoelhar e lhe pedir perdão; lhe prometer o mundo; o universo; lhe oferecer o paraíso inteiro de porteira fechada.

Talvez, se eu me rendesse ao seu apelo, minha dor se abrandasse, contudo permaneci inerte, parado, contemplando o choro de Ivana até que se dissipasse. De súbito Ivana ergueu os olhos até os meus e me olhou fixamente por alguns instantes, seus olhos grandes exibiram a cor de um mel claro e límpido; um mel âmbar; esverdeado; muito especial como eu outrora conhecera e que só as abelhas Jandaíra conseguem produzir. Concebi de imediato uma relação entre o sabor inesquecível daquele mel de minha infância e os seus olhos umedecidos e avermelhados pelas lágrimas que indelevelmente insistiam em brotar.

— Você parece ter certeza de querer criar o seu filho… — resmungou Ivana me encarando.

— É claro que tenho certeza, ele é meu filho, não é? Por qual motivo eu não teria a certeza de querer criá-lo? — respondi questionando o que

AMOR E REBELDIA

me era óbvio, meu filho estava sendo gestado pela mulher com a qual eu me relacionava, era minha namorada, transamos com intensidade muito mais que uma única vez, nunca duvidei.

— Sim, ele é seu filho, não tenha dúvida. Você ama o seu filho que trago comigo sendo gestado e que nascerá em breve?

— É claro que amo meu filho, não tenho dúvida.

— Então viva por seu filho, faça questão de sua presença ao lado dele e da presença dele ao seu lado, lute por seu filho, mostre a ele no futuro que você abdicou de sua solteirice, de seus planos sozinho, de seu egoísmo, e tudo isso o fez por ele. Inclua-o em seus planos de vida, permita que o futuro revele que a vida dele significa mais para você do que a sua própria. Isso sim é amor! Quando você ama de verdade, a vida da pessoa amada importa mais do que a sua própria. Não me fale de amor se não for capaz de pensar assim. Entrelace a sua vida na vida do seu filho que está por nascer, ele é uma realidade...

Ao pronunciar tais palavras Ivana olhou para baixo, prostrou seus olhos languidamente em sua barriga avolumada. Acariciou-a levemente e afagou seu ventre com tal ternura que me foi possível imaginá-la afagando o próprio rebento.

O fruto de seu ventre estava ali e ela o sentia ainda nascituro. Amava-o incondicionalmente não distinguindo entre o feto concebido e o bebê nascido, eram uma só pessoa. O espaço não lhe importava, se dentro ou fora de seu útero, era apenas uma questão de circunstância. Seu amor pelo filho independia de tais eventos, a paciente e resignada espera por seu filho compunha esse amor. A boa formação do filho em seu útero era parte do processo e Ivana tinha consciência de tal fato a ponto de nunca se referir ao filho como meu feto, e sim como meu filho.

Muito mais que um ato de fé, era real, seu corpo alterado lhe reafirmava a condição e ela aceitava... e se comprazia. Eu, envolto por um vácuo inexplicável, continuei a fitá-la, não pedi que me olhasse, era bela assim contemplando a gestação do filho, transmitindo-lhe amor através dos tecidos de sua pele, sob o vestido azul-turquesa. Com um laço branco lhe envolvendo o contorno, assemelhava-se a uma figura angelical envolvida em um ar soberano que só as mães conseguem transmitir; era transcendental, presenciei a maravilha da natureza bem ali diante dos meus olhos, incontestável. A força divina se revelando com tamanha autenticidade diante de mim era um véu do puro e sagrado amor se rasgando ante a minha displicência.

Ivana se virou para mim com um sorriso indiscriminável:

— Não espero que se comova com a minha gravidez, apenas assumo que não aceitando a mãe você estará renegando seu próprio filho. O tempo se encarregará de esfriar o amor que você alega sentir, você não o terá, se eu não estiver junto, pois na infância, a lenha que acende a fogueira do amor de um filho pelo pai, caso ele não se digne a prover, é providenciada pela mãe.

O som de sua voz me despertou de um transe interminável, me pus de pé, os braços abertos com as palmas das mãos à mostra, e repliquei atônito:

— Ivana, eu disse e repito, as coisas não são simples assim, existem leis que garantem a paternidade, se eu sou o pai do Douglas tenho deveres e direitos internacionalmente.

— Direitos e deveres não são garantias para obter o amor de seu filho.

Dizendo isso, se levantou da poltrona onde estivera recostada todo o tempo e veio em minha direção; um olhar incisivo penetrou meus olhos mais uma vez e foi difícil sabotar a mim mesmo, foi impossível esconder de mim o amor que, enfim, percebi sentir por Ivana. Me aproximei e toquei seu ombro, ela não recusou e, num ímpeto de fúria e carinho, enlacei-a em meus braços num abraço terno e arrebatador, ela aquiesceu me apertando forte e num suspiro profundo sussurrou com firmeza: eu te amo tanto! Nosso filho é a prova do meu amor por você.

CAPÍTULO IX

JOSEPHINE

A garagem dos apartamentos era descoberta, uma vaga para cada carro, era rotativa e não havia numeração, somente vagas assinaladas no solo asfáltico, suficientes para todos os carros dos moradores. Ali eu estacionava o Buick le Sabre cinza, motor 3.1 de 16 válvulas; uma potência; bonito e bem acabado por dentro; um carro grande e confortável que eu me orgulhava de possuir. Todas as tardes ao regressar do trabalho, eu procurava a vaga mais próxima da entrada, pois inúmeras vezes teria que tirar do carro as compras da semana ou mesmo os produtos mais pesados do mês.

Eu girava primeiro a chave para destrancar a porta que permanecia sempre trancada. Por recomendação do síndico, deveríamos zelar pela segurança de todos. Ao passar, entrava empurrando uma das laterais da porta dupla e dava direto a uma escada de sete degraus que descansava em um patamar antes de iniciar a subida de mais sete degraus até o andar superior do prédio avermelhado de tijolos à vista. O piso dos corredores era revestido de um carpete azul, duro e velho, mas com os cuidados da senhora Josephine, a zeladora do condomínio, parecia sempre novo. Estava sempre limpo e ela vivia lembrando aos moradores que deveriam apreciar a limpeza. Por isso o velho prédio vermelho de tijolos à vista era o mais elegante da rua. Eu, sempre que podia, cumprimentava a senhora Josephine ao entrar no prédio, não era comum encontrá-la todas as tardes, era de meia-idade e se recolhia cedo, não raro eu ouvia sua televisão ligada no noticiário das 18h.

Josephine ocupava o terceiro apartamento térreo, que ficava à direita de quem entrava pelo estacionamento. Havia outra porta na frente, do outro lado do prédio, que dava para a outra rua. Eu raramente passava por lá, pois era cômodo estacionar e entrar pela porta dos fundos, vindo do estacionamento, subir as escadas e ir direto ao meu apartamento. A porta de entrada do apartamento era de madeira branca, elegante e larga até mesmo para os padrões da época. Lá dentro era pequeno, uma sala grande onde acomodávamos um sofá com duas peças, uma estante preta com nicho para televisão e alguns livros de que dispúnhamos para eventual leitura vespertina nos dias de folga do extenuante trabalho. À esquerda víamos a cozinha conjugada com a sala, era pequena, mas nos servíamos bem dela.

Meu irmão, um exímio cozinheiro prático, gostava de se embrenhar pelo forno e fogão para tentar a sorte na culinária, quase sempre aleatória, que comíamos apetitosamente sempre à noite no jantar. A louça suja era reiteradamente meu encargo; logo após o jantar, antes do descanso da jornada diária, ainda encontrava forças para me debruçar sobre a pequena pia da cozinha e expiar os meus pecados. Munido de fundamentais apetrechos como sabão e bucha em um vai e vem frenético e pavoroso até que todas as peças estivessem impecavelmente limpas para serem novamente utilizadas no dia seguinte.

Seguindo a rotina eu me aventurava de novo no costumeiro atributo de cuidar da louça e vasilhas impiedosamente sujadas por meu irmão cozinheiro, que não se cansava de repetir, "eu faço a comida e você lava a louça". Um processo de trâmite medonho que com alguma frequência chegava a comprometer meu apetite ao remoer a labuta inglória da limpeza da louça.

Logo mais à frente, na cozinha, do mesmo lado esquerdo, havia um minúsculo banheiro com uma banheira pequena apenas suficiente para um banho rápido e acolhedor. O chuveiro era bom, a água descia com pressão, o que tornava o banho menos entediante, e compensava a falta de espaço da casa de banho.

O único quarto do apartamento era dividido pelo móvel da sala e abrigava duas camas de solteiro onde eu e meu irmão dormíamos. De certa forma confortáveis, as camas eram de um tamanho adequado e normal para a acomodação. Eu não reclamava, quando a situação melhorasse, poderíamos buscar um apartamento maior e mais confortável.

Ali, eu e meu irmão raramente trazíamos convidados, era pequeno demais para um evento social, por isso preferíamos sair e socializar na casa dos amigos comuns, desse modo era mais prático e menos oneroso.

No porão do prédio havia uma máquina de lavar roupas e outra de secar, as tardes de sábado e às vezes as de domingo serviam a esse propósito de lavar e secar as nossas roupas. O salão era suficientemente grande para uma área de serviço decente e havia também uma mesa circundada de tomadas elétricas. Ao fundo havia um banheiro minúsculo que permanecia quase sempre fechado. Sempre que me aventurava pela área de serviço levava comigo um bom livro que eu saboreava até que a roupa limpa estivesse pronta para ser dobrada e levada de volta ao apartamento.

Eu e meu irmão vivíamos uma rotina angustiante de trabalho e casa por incontáveis dias, as noites eram quase sempre preenchidas diante da TV, quando os músculos exaustos ainda permitiam aos olhos se manterem abertos. Víamos algum filme que valesse a pena ou algum programa de televisão, na maioria das vezes enfadonho, que nos arremessava à cama nos primeiros minutos de audiência. Dormir um sono profundo e restaurador nos ajudava a conduzir o duro processo da intrigante carga horária de trabalho. Após o minguado desjejum, composto frequentemente por café com leite e pão com manteiga, descíamos as mesmas escadas rumo ao estacionamento onde reiteradas vezes presenciávamos Josephine empunhando uma vassoura e limpando tudo convulsivamente.

Eu acreditava, a julgar por minha perspectiva, que Josephine pudesse estar próxima de sessenta anos de idade, não era magra nem gorda, mas seu corpo naturalmente alongado permitia analisar e sentenciar o quão bela deveria ter sido em sua juventude. Esperta, bem-humorada e gentil; de origem afrodescendente; mantinha seus cabelos soltos e avolumados, o que lhe transmitia um aspecto rejuvenescido e de beleza peculiar. Morava sozinha em seu apartamento, talvez fosse divorciada ou viúva, eu nunca me atrevi a perguntar, nossas conversas, nunca pautadas em assuntos pessoais, não me permitiam especular sobre sua vida individual.

Ocasionalmente eu me aproximava de Josephine para conversar sobre coisas da vida, confabulávamos sobre o comportamento atual da cidade e de seus jovens afoitos, o quanto era diferente no seu tempo, ela sempre recriminava comparando-os aos seus contemporâneos. Josephine tinha a habilidade de estabelecer diálogos descontraídos e agradáveis, nunca longos demais nem monossilábicos a ponto de obrigatoriamente emudecer o seu interlocutor. Suas ideias eram apresentadas sem abrasividade, sobre o que ela argumentava: "Nunca dialogue com alguém dando-lhe oportunidade para retaliação".

Eu, compassadamente, ia me acostumando àquele formato dócil e inteligente de conversar. Me intrigava de onde viria tanta educação e sabedoria, uma mulher simples e aparentemente sem qualquer formação acadêmica me surpreendia a cada palavra pronunciada. Para ela não havia, em nenhuma circunstância, a justificativa para ser rude, grosseira. Seu tom de voz era sempre o mesmo: baixo, calmo e na rotação apropriada a qualquer ouvinte e em qualquer lugar.

Com o passar dos dias crescia mais e mais minha admiração por Josephine, que, dessa forma, conquistava a minha confiança. Nossa amizade cresceu e se pavimentou dos nobres valores atribuídos somente a grandes amigos, a liberdade de se expressar naturalmente sem restrições, o desejo de estar sempre por perto atento a qualquer necessidade que permeie a vida do outro; assim passamos a nos encontrar com mais frequência em momentos de folga, um café ou um suco gelado sempre nos acompanhava e propiciava adoráveis sensações de tranquilidade.

— Josephine, você está sempre calma e bem-humorada, nada a perturba nessa vida?

— Houve um tempo em que eu vivia amargurada, me enervava por qualquer coisa, mas com o passar dos dias fui observando que a ira me fazia mal. As respostas que meu corpo apresentava ante a fúria nem sempre eram as melhores.

— Me mostre um caminho para lidar com problemas sem me amargurar ou adoecer — supliquei.

Josephine apanhou um pequeno livro, abriu em uma determinada página e me entregou.

— Leia em voz alta.

Olhei para o texto à minha frente... Ela insistiu.

— Leia em voz alta.

Comecei a olhar e descobri que se tratava da oração da serenidade, uma das mais belas orações de que eu tinha conhecimento apesar de nunca praticar, ou saber ao certo sua origem.

"Concedei-nos, Senhor, serenidade necessária para aceitar as coisas que não podemos modificar, coragem para modificar aquelas que podemos e sabedoria para distinguir umas das outras". Ao terminar, olhei para Josephine e emudeci.

— Sim, meu rapaz, foi lá mesmo que aprendi essa oração.

Eu não precisei perguntar onde teria sido, pois sabia que os alcoólicos anônimos utilizavam a oração da serenidade no programa de 12 passos, ela retrata a luta diária na superação de si mesmo. Me aproximei de Josephine e abracei-a num gesto de gratidão e reconhecimento.

CAPÍTULO X

UM BEBÊ DE OLHOS AZUIS

Olhei para o ventre de Ivana e notei o quão arrojado ele estava. O que outrora era plano, agora era redondo e cheio. A pele estava esticada e estendida. Era como um universo em si, autônomo e dinâmico, emanando luz. Ver Ivana naquele estágio me deixou admirado, em breve uma permuta mágica e sublime ocorreria na natureza. Ao mesmo tempo em que o bebê veria a luz do mundo, o mundo testemunharia uma nova luz brilhando em seu seio.

Levei Ivana a uma loja de artigos para recém-nascidos e comprei tudo o que era necessário para dar as boas-vindas ao nosso filho que estava para chegar. Agora era só esperar pelo momento do nascimento, que seria previamente agendado, pois Ivana se decidira por fazer o parto cesariana.

Ivana não me comunicou o dia certo nem a hora em que seria submetida à cirurgia. Apesar de minha insistência, ela manteve o suspense da data exata em que o bebê nasceria. Mesmo sabendo pontualmente o dia e a hora, ela considerou indispensável guardar para si o momento em que o grandioso evento seria realizado.

— Ivana, sei que você já agendou com seu obstetra o dia do parto.

— Sim, muito provavelmente.

— Então me diga, por favor, pelo menos o dia.

— Não posso, meu médico não autorizou — disse com sorriso brejeiro.

— Não quero ser apanhado de surpresa e nem estar no trabalho quando o meu filho nascer.

— Então agora você se importa com o nascimento do seu filho?

— Claro que me importo. Quero estar lá com você, aliás quero te levar para o hospital.

— Humm! Quando eu estiver a caminho do hospital te aviso.

Alguns dias, que eu não saberia precisar quantos, separariam a Ivana grávida da Ivana puérpera. Não me revelar o dia exato do parto foi um artifício ingênuo que ela utilizou para me deixar ansioso. Exatos três dias depois de nossa última conversa sobre o seu parto, o telefone tocou às 6h, era Ivana dizendo que estava a caminho do hospital. Pensei, "que sorte a minha, ainda não saí para o trabalho", irei acompanhá-la.

Precisamente às 8h, deixei meu carro no estacionamento do Hospital Saint Barnabas e caminhei até a porta de entrada; me aproximei da atendente na recepção e solicitei informações sobre onde estaria sendo atendida a senhora Ivana de Campos. Ela orientou que eu fosse até a sala de cirurgia no quinto andar. Naquele momento, Ivana já estava sendo preparada para o parto e eu esperei até que um médico se aproximasse de mim. Ele usava uma paramentação cirúrgica completa, touca, máscara, avental e luvas; me conduziu até um pequeno vestiário e me mostrou o que eu deveria vestir.

— Ivana está lá dentro — disse-me mostrando uma sala com vidros —, daqui a pouco você vai poder vê-la. — Acenei que sim e aguardei pacientemente.

A ansiedade e a preocupação invadiram minha mente e fiquei atormentado pelo estado de impotência em que eu me encontrava, a demora em obter notícias do bebê e da mãe me causava apreensão. Ivana era saudável, entretanto as cirurgias têm sempre o seu grau de risco. Aqueles momentos pareciam se estender a uma eternidade, era uma espera sem fim, mas não havia o que fazer. Sozinho na sala de espera, eu refletia sobre todos os meus momentos com Ivana, o que se sucederia após o nascimento do pequeno Douglas. Eu estava extasiado entre a felicidade do nascimento do filho e o desconsolo ante a obscuridade do depois.

O médico apareceu na porta e anunciou que Douglas tinha nascido e passava bem. Me levantei e caminhei até a sala de cirurgia, ainda pude ver Ivana em uma maca, pronta para ser levada ao quarto. Ela estava confusa, parecia ter acordado de um transe. Apenas me olhava sem dizer nada, fiz um sinal de que tudo estava bem e acompanhei a enfermeira que a conduziu até o quarto. Sua boca estava seca. Apanhei algumas pedras de gelo pequenas e as aproximei de sua boca, ela as absorveu pedindo por mais, pois tinha sede.

Dediquei todo aquele dia para estar com Ivana, que parecia se recuperar rapidamente, a cada hora. O bebê era lindo, nasceu saudável, tinha cabelos grandes e seus olhos eram azuis, indecifráveis logo ao nascer, no entanto após algum tempo foram se tornando mais claros e cristalinos.

No dia seguinte, a mãe permaneceu internada. O registro do bebê estava pronto e fui chamado para assinar a sua paternidade. No momento da assinatura, tive um surto repentino de felicidade e bradei a plenos pulmões: "Eu sou pai"; inebriado, me furtei de dimensionar o som da minha voz e gritei tão alto que toda a ala do hospital me ouviu e, contagiada pela minha alegria, aplaudiu alvoroçadamente.

Estive ao lado de Ivana todos os dias em que ela esteve no hospital até o momento de sua alta. Recebi o pequeno Douglas em um "bebê--conforto" e o conduzi juntamente com Ivana até a casa onde ela morava com seus pais.

A próxima vez que voltei a ver Douglas foi quando Ivana o levou até o meu apartamento, ele se tornava um bebê mais adorável a cada dia. Era esperto e seus olhos azuis brilhavam como o céu em dia ensolarado. De tão azuis que eram, pareciam me hipnotizar quando eu o olhava, Josephine o viu e ficou encantada com a beleza daquele menino. Eu o segurei em meus braços e o aconcheguei próximo ao meu peito. Ivana me ensinava como preparar mamadeira e trocar as fraldas. Passamos o dia inteiro em volta de Douglas, conversando e desfrutando daquela criaturinha recém-chegada ao mundo.

Nos primeiros meses que se seguiram, revezávamos os cuidados com o bebê. Ivana não falou mais em se casar comigo. Meus finais de semana eram sempre na companhia de Douglas até seu primeiro ano de vida. Quando passeávamos juntos pelos parques ou pelos shopping centers, os elogios eram infindáveis, enaltecendo a beleza daquele bebê dè olhos azuis. Douglas era um bebê cativante, esperto e vistoso, no melhor sentido da palavra.

O macacãozinho azul lhe caía bem a combinar com seus olhos azuis grandes e despertos. Em inúmeras tardes, na volta para casa, eu o deixava de fraldas, tirava a minha camisa e o alojava em meu peito para que se sentisse amparado. Deitava no sofá da pequena sala e dormíamos os dois assim, pai e filho unidos em um sono profundo. Sua pele branca, em um contraste belo e perfeito com minha pele morena, era um retrato bonito do aconchego, do carinho e do amor entre pai e filho.

Eu me ocupava de todos os cuidados necessários e passeava com ele por todos os lugares. Era o meu primeiro e único filho até aquele momento e eu o amava, brincava e conversava com ele. Quando Douglas já se sentava, eu me punha em sua frente no carpete do apartamento e juntos remexíamos brinquedos coloridos e educativos. Ele gostava do cacto dançante, pois além das cores, tinha olhos grandes e trazia um sombreiro mexicano na cabeça. De vez em quando, Douglas parava e me olhava como a me sondar, como a indagar sobre nossa existência. E aí seu olhar era atento e intenso.

Às vezes me fitava com olhar vago como a refletir sobre nossas vidas. Quando o deixei sentado em meu colo na minha frente, olhei dentro dos seus olhos e ele parou, me olhou profundamente e eu o contemplei com doçura e firmeza. Me recordando do olhar de padre Grimaldo e da veemência com que fixara seu olhar em mim como a enxergar meu espírito.

Rebuscando os olhos de meu filho, encarei-o profundamente até divisar seu âmago e então proferi palavras diretamente em sua alma: "Meu filho, seja bom para o mundo, seja bom para a humanidade, carimbe sua forte presença em todas as vidas que se entrelaçarem à sua, seja inesquecível por onde quer que ande e transforme para o bem a vida das pessoas. Você é inteligente, bom e necessário para o mundo. Em breve teremos que nos separar, mas eu o terei sempre em meus pensamentos. Você é meu filho... Um dia nos encontraremos novamente e entenderemos quem fomos um para o outro; saberemos o que somos um do outro e compreenderemos quem somos um para o outro".

Douglas me ouviu atentamente sem pestanejar e absorveu cada palavra por mim pronunciada. Continuou a olhar fixamente em meus olhos por um tempo que não ousei definir. Assim ficamos a perscrutar nossas essências até que eu o abracei e o beijei. Ele se agarrou ao meu pescoço e se alojou, nos embaraçamos um no outro com ternura, carinho... com amor.

*****

Após o aniversário de um ano de idade de Douglas, Ivana me comunicou que havia se envolvido com outra pessoa e que pensava em casar-se.

— De quem se trata? Eu o conheço?

— Sim, você o conhece, estou saindo com o Gregório, aquele seu colega de trabalho.

— Qual Gregório? O Grego?

— Sim, o Grego.

— Não poderia ser outro? O Grego não é um homem que eu aprovaria para você.

— Desculpe, estou apenas lhe comunicando, e não lhe pedindo sua aprovação.

Eu conhecia bem o homem com quem Ivana estava prestes a se casar e me preocupei com ela e também com meu filho, pois estavam na iminência de conviver com Gregório, a quem eu não admirava. Era um sujeito bem menos que honesto e se metia em brigas com facilidade. Eu sabia que ele era trabalhador, mas essa era a única virtude que eu poderia apontar e nunca soubera de nenhuma outra.

Conversei com Ivana sobre o assunto, entretanto ela me pediu que não interferisse mais em sua vida. Aquele momento marcou o dia em que nossa relação começou a esmoecer e aos poucos foi minguando. Quando chegou ao meu conhecimento que o relacionamento entre os dois estava evoluindo e um casamento entre eles era cogitado, chamei o Grego para uma conversa franca e honesta. Lhe apresentei minha inquietação com respeito à união dele com Ivana e, principalmente, quanto à convivência com o meu filho. Ele tentou me tranquilizar e me revelou ter uma admiração antiga por Ivana. Me senti afrontado, contudo optei por me controlar e lhe comuniquei que eu iria acompanhar os passos de meu filho mesmo não morando na mesma casa que ele. Acordamos em determinados aspectos e deliberamos sobre alguns pontos com os quais teríamos que conviver.

Ivana, enfim, se sentia bem com a possibilidade, casou-se com Gregório e a partir desse momento falava pouco comigo. Minhas visitas ao meu filho já não eram tão frequentes por conta da interferência de Gregório. Ele reclamava com Ivana de que minha presença prejudicava o relacionamento deles. Ela, paulatinamente, foi acatando suas postulações e se afastando de mim com a justificativa de ter receios de deteriorar seu matrimônio. Percebi, a partir do casamento de Ivana com o Grego, que ela já não demonstrava boa vontade em me entregar Douglas nas minhas visitas nos finais de semana ou em outros dias de folga, em que eu queria estar com ele. Passou a ter sempre uma alegação de coisas a fazer, ou de que o menino precisava "disso ou daquilo". Criava, até mesmo, empecilhos sobre a saúde de Douglas para que eu não o visse.

Eu temia que a convivência de meu filho com Gregório fosse distanciá-lo de mim. Naquela época, a alienação parental ainda não era um assunto tratado com a devida importância que a questão merecia. Ainda não havia leis que criminalizassem a nefasta atitude, com isso muitos indivíduos acabaram sendo vítimas dessa prática abominável que é executada tanto contra os pais como contra seus filhos.

Após o término de mais um ano, informei a Ivana que eu regressaria ao Brasil e retomaria os meus estudos de medicina. Combinamos almoçar juntos e ela levou Douglas. Seria uma despedida difícil, mas na tentativa de abrandar minha saudade antecipada ela articulou que eu não me preocupasse, Douglas estaria bem com o casal. No entanto, reiterei que meus direitos e deveres como pai eram resguardados por leis federais, dentro e fora dos Estados Unidos. Internacionalmente, em qualquer lugar por onde eu andasse, ele sempre seria meu filho. Eu voltaria a vê-lo em breve.

Meu coração se esvaía em uma mistura complexa de emoções. A cada passo que me afastava das risadas contagiantes de meu filho, eu tinha a sensação de que um pedaço do meu ser fora temporariamente arrancado de mim. As recordações dos abraços apertados e das brincadeiras inocentes eram como fotografias vivas na minha mente. A ausência física de Douglas intensificava a apreciação dos momentos vividos e compartilhados com ele. Provocava em mim um desejo imenso de reconectar, era a saudade me lembrando do amor incondicional que nos uniu.

*****

A vida seguiu seu curso. Os velhos planos de retomar meus estudos de medicina foram postos em perspectiva. No entanto, o tempo em que eu teria direito de manter minha matrícula trancada havia expirado e para ingressar novamente na universidade federal eu teria que fazer novas provas do vestibular. Após esses anos longe dos estudos eu teria que me dedicar e vencer a concorrência, eram 55 pessoas por

AMOR E REBELDIA

vaga... Eu teria que me esforçar. Se ao menos eu passasse no vestibular de imediato, eu poderia pleitear junto à reitoria ou quem sabe na justiça o reconhecimento pelos meus quase dois anos de estudos dantes empregados. Eu tinha conhecimento que em Curitiba e em Goiânia eram formados excelentes advogados, talvez pudessem me ajudar com a causa. Comecei a me dedicar aos estudos projetando em um ano o retorno à universidade.

CAPÍTULO XI

A FRAUDE

Gregório, o Grego, se arrastava aos pés de Ivana e implorava o seu amor. Era um homem difícil, de poucos amigos; sua personalidade estranha, áspera e intratável, não o ajudava e, ao contrário, piorava as coisas. Brigava por pouco e para ele tudo era tempestuoso, não se ajustava com as mulheres; a verdade é que ninguém o queria. Era rejeitado por sua constante negatividade e falta de empatia. O próprio Gregório criava um ambiente hostil ao seu redor.

A arrogância permeava suas interações, ele era do tipo que alienava aqueles que buscavam uma convivência harmoniosa. Sua tendência a menosprezar os outros contribuiu para a escassez de amizades duradouras e relacionamentos interpessoais saudáveis. Sua presença era sempre carregada de muita tensão. Ele impunha a si próprio um autoisolamento. Aproximou-se de Ivana em um momento em que ela, quem sabe, estivesse vulnerável, e tomou conta de sua vida. Era uma relação complicada, mas considerando que Ivana queria se ver casada a qualquer custo, o pior seria ainda aceitável.

— Ivana, estive pensando…

— Pensando em mais um de seus horrores, aposto.

— Não, não é isso — afirmou Gregório.

— Diga… o que é dessa vez?

— Encontrei um sítio na Pensilvânia, estão vendendo, o preço é razoável e quero comprar.

— Para que comprar um sítio?

— Tem muito espaço externo.

— Estamos bem aqui na cidade, estou perto do meu trabalho — retrucou Ivana.

— Você não gostaria de fugir da cidade nos fins de semana, fazer churrasco, ver seu filho brincando?

— Sim, certamente, mas seria somente uma casa de campo, seria frequentado somente nos finais de semana e feriados.

— Veja bem, Ivana, a maravilha que seria ter um sítio, poderíamos reunir as famílias, fazer churrasco, beber à vontade sem se preocupar em dirigir depois.

— Escute bem, Gregório, um sítio é um investimento caro, acabamos de comprar nossa casa, gasta-se muito dinheiro em casas de campo, são reparos que serão provavelmente feitos a todo momento.

— O sítio está com um preço bom, posso pagar à vista e continuamos com a nossa casa aqui na cidade — insistiu Gregório na tentativa de persuadir Ivana.

— Não, não concordo, vai onerar muito a nossa vida, não vamos comprar.

— Acontece que já assinei o contrato da compra.

— O quê? Sem me consultar?

— O preço era bom e eu não queria perder o negócio.

Ivana brigou, argumentou, emburrou, mas não houve nada que dissuadisse o Grego e o fizesse desistir da ideia. Gregório passou a frequentar o sítio nos finais de semana, contudo Ivana não o acompanhava, teria ficado chateada com a contrariedade que o Grego teria causado a ela.

— Desde que você comprou esse sítio, não vemos mais o seu dinheiro aqui nesta casa. Precisamos pagar a escolinha do Douglas, eu não posso fazer todas as despesas sozinha. Você tem que resolver essa situação.

O Grego era autoindulgente e inescrupuloso, fazia parte do seu plano sujo vender a casa e se mudar para o sítio. Não que ele fosse ou gostasse de ser um eremita. Os eremitas se isolam normalmente por motivos espirituais ou contemplativos e, de longe, não era esse o objetivo do marido de Ivana.

A vida começou a ficar difícil na cidade. Ivana não podia mais contar com a ajuda de Gregório para pagar as despesas. As prestações da casa começaram a se acumular e ela foi obrigada a tomar uma decisão.

— Vamos vender a casa, não posso mais continuar assim. Vendemos essa e alugamos uma casa onde possamos pagar o aluguel.

— Para que pagar aluguel se temos nossa casa no sítio?

— Eu não conheço esse sítio e nem quero conhecer, minha vida está aqui na cidade perto da minha família e perto da escolinha do Douglas.

— Ivana, é justamente sobre isso que quero conversar: ouvi dizer que o Tomaz está pensando em voltar a morar nos Estados Unidos. Receio que ele vá querer reivindicar a criança. Nós corremos perigo... Risco de perder o Douglas.

— Eu sou a mãe dele, não corro perigo algum — salientou Ivana.

— Mas eu corro perigo, não quero ver esse homem chegando perto do meu filho. — Ivana corou e emudeceu. Depois continuou.

— O que é isso? O que você está dizendo? Tomaz tem direito de ver o filho dele sempre que quiser, é a lei.

— Eu entendo que seja a lei, mas o nosso casamento estaria ameaçado com esse homem por perto, eu não o quero rondando a minha casa e, principalmente, convivendo com o nosso filho.

Ivana deu de ombros e Gregório continuou:

— E tem mais... O nosso casamento estará ameaçado se esse homem voltar a conviver com o Douglas.

O Grego sabia que Ivana faria qualquer coisa para manter o seu casamento. Ele ajustou o canhão na mira milimetricamente calculada antes de soltar a bomba.

— Ivana, me entenda, quero levar o Douglas daqui, não me sinto confortável vivendo sob essa insegurança.

Ivana compreendeu a astúcia do marido ao comprar aquele sítio. Ele tinha algo mais em mente, ele tinha ideias mirabolantes sobre a mudança definitiva para aquele lugar distante e abscôndito. Queria esconder Douglas de eventual convivência com o pai biológico.

O sítio que Gregório comprou era um lugar bonito, ficava perto da cidadezinha de Bradford, ao norte do estado da Pensilvânia. As manhãs eram sempre saudadas pelos cantos dos pássaros e as estações do ano por lá eram coloridas pela paisagem. A rotina de Ivana no sítio era descomplicada, repleta de tarefas domésticas e afazeres simples como cuidar do jardim, colher frutas da estação e apreciar a comida caseira. O silêncio era interrompido apenas pelo murmúrio do vento e pelos sons da vida selvagem. Longe das luzes urbanas, o céu estrelado poderia ser sempre contemplado.

Ivana cogitou que talvez Gregório tivesse razão, o sítio poderia lhes trazer mais tranquilidade quanto a ter que dividir a vida do menino Douglas, de quebra seria um refúgio rural para dissipar o estresse da vida cotidiana na cidade. Mais rápido que se percebesse, havia uma placa em frente à casa do casal... *Vende-se*... Se mudaram definitivamente para a Pensilvânia. Levando Ivana para longe de parentes e amigos seria mais fácil para o Grego manipulá-la e conseguir os intentos que ele projetava. Depois de algum tempo fez mais uma investida no que seria seu plano maldito.

— Ivana, nós estamos casados desde que o Douglas era bebê, eu me afeiçoei muito a ele, queria tê-lo como filho.

— E não é isso que ele é para você? Um filho?

— Sim, ele é como meu filho, mas eu queria que ele fosse meu filho de verdade.

— Não podemos mudar o que passou. Ele é filho de Tomaz Zambom. Você precisa aceitar.

— Eu não aceito — bradou forte Gregório a ponto de assustar Ivana.

— Controle-se, Gregório, você está me assustando — revidou Ivana alterando o tom de sua voz.

— Ele é meu filho agora, eu o acolhi na minha casa juntamente com você, ninguém vai tirá-lo de mim.

— Eu não entendo o motivo dessa reação. Quando se casou comigo, sabia sobre o meu filho. Você conhece bem o pai biológico dele. Já trabalharam juntos.

— Quero adotar o Douglas como meu filho.

— Impossível, você enlouqueceu?

— Vou repetir, mulher: estou decidido a adotar o Douglas como meu filho.

— Você conhece o pai dele. Isso seria fraude. Não toque nesse assunto novamente. Não vou cometer nenhuma fraude envolvendo meu menino.

Ivana estava convencida de que não poderia aceitar os planos insanos do Grego. Ela sabia dos riscos que traria cometer um crime assim. Os dois conheciam minha família e em qualquer eventualidade saberiam facilmente onde me encontrar.

— Douglas será adotado como meu filho, já consultei um advogado — afirmou Gregório incisivamente.

— Nenhum advogado vai cometer fraude para você. A menos que voc... ê... tivess... tivesse mentido para ele... O que foi que você fez, imbecil?

— Eu não menti, apenas omiti alguns pequenos detalhes — disse Grego sorrindo pelo canto da boca como era seu costume quando queria zombar de alguma coisa.

— Pequenos detalhes? Você omitiu que sabe perfeitamente onde encontrar o pai de Douglas — avultou-se Ivana.

Gregório, o Grego, lutou verbalmente com Ivana até conseguir persuadi-la de que a adoção seria a melhor coisa a fazer e que seria melhor para a criança. Ivana não resistiu às investidas de Grego e sucumbiu aos seus planos insanos e diabólicos.

*****

Eu namorei Ivana por algum tempo, a conhecia bem. Sabia que ela era capaz de várias manobras na vida, mas nunca imaginei que seria capaz também de cometer um crime como esse...

Os dois se encaminharam até o escritório de advocacia e o advogado perguntou-lhes se sabiam onde estava o pai da criança. Eles responderam que a gravidez de Ivana fora resultado de um encontro fortuito em que ela e o pai do menino haviam bebido em uma festa e transado logo depois. Não se conheciam e ela nunca mais vira o pai do garoto. Ivana disse também que o pai de Douglas nunca soube de sua gravidez e que havia desaparecido. Convenceu o advogado de que ela nunca mais voltou a vê-lo. O advogado perguntou a ela se sabia ao menos o nome do pai biológico e ela respondeu que sim. O advogado então aconselhou-os a anunciar no jornal local procurando o pai de Douglas. Disse ser esse o primeiro passo para adquirir deferimento na adoção do meu filho por Grego. Assim o fizeram.

CAPÍTULO XII

NOVA TRAJETÓRIA

A sedução transcende o visual atingindo as camadas mais profundas da psique masculina. Ela é expressa através de palavras perspicazes, gestos sutis ou uma autoestima irresistível. A mulher sedutora não apenas atrai, mas também desafia, incitando o homem a reconsiderar sua trajetória e vislumbrar novas possibilidades. Sua sedução vai além de mera atração física. Reside nela a capacidade única em despertar emoções profundas e inspirar transformações.

A mulher se torna imbatível quando usa todo o poder que possui dentro de si: a força magnética de sua personalidade, o charme envolvente e um intelecto cativante. Essa mulher deixa marcas indeléveis na mente de um homem. É um fenômeno complexo e multifacetado. A sedução que vai além do romântico influencia escolhas de carreiras, amizades e até perspectivas de vida. A mulher tem em si o poder do encanto. Ela tem a capacidade de inspirar mudanças na conexão humana. O encontro com alguém especial remodela não só o coração, mas o curso inteiro de uma vida.

Quando a vi pela primeira vez, Clarice encheu meu coração de desejo e minha mente de receio. Reconheci que seria difícil resistir aos seus encantos. Era a mulher mais linda que eu vira em toda a minha vida, no entanto eu tinha um ideal ainda mais inebriante para seguir, eu estava determinado a ser irredutível quanto à minha carreira na medicina. Eu queria lutar incansavelmente pelo meu ideal, estava disposto a fazer dessa luta uma fonte de propósito e realização.

Para tanto, eu deveria estar consciente dos desafios a enfrentar, os quais seriam: o reforço de minha determinação, resiliência e a capacidade de superar obstáculos. O pensamento em Clarice me enfraquecia. Debilitava a convicção no meu ideal. Ela ameaçava o conjunto de valores que eu trazia enraizado dentro de mim. Eu planeava que todos os meus princípios orientassem consistentemente as minhas ações, decisões e perspectivas. Eu deveria ser coerente com os meus objetivos e aquela mulher desnorteava os meus anseios.

— Seu sorriso é bonito. — Me aproximei ainda acanhado pela beleza de Clarice.

— Já me disseram — desdenhou de mim.

— Quem disse falou a verdade, assim como eu agora... meu elogio é sincero.

— Obrigada! Lá em casa tem um espelho enorme na sala.

— E acredito que tenha uma estante também.

— Sim, claro, tem uma estante. Toda casa tem.

— E nela existe um vaso grande, naturalmente.

— Ainda não pensei nisso, para que serviria um vaso em uma estante?

— Talvez pudesse enchê-lo com uma "linda modéstia" — brinquei e Clarice ergueu os ombros.

— A modéstia não é um enfeite bom para mim. Prefiro algo arrojado.

— Sim, eu percebi.

— Percebeu...? — inquiriu Clarice.

— Você não agradeceu o meu elogio — provoquei.

— Ah! Obrigada! É que...

— Pode falar...

— Me pareceu uma dessas cantadas baratas.

— Perdão, não foi minha intenção.

— Você me parece interessante — emendou Clarice.

— Não... eu não pareço... eu sou interessante — falei sorrindo na certeza de que havia produzido uma pilhéria. Meu objetivo era atiçar Clarice para que nossa conversa não se quedasse morna.

— Eu não admiro homens sem modéstia.

— O exagero de modéstia é antagônico à autoestima e eu gosto de preservar a minha — provoquei.

— Será mesmo que você é perfeito em tudo que faz? — Ao me questionar, Clarice passeou, intencionalmente, o seu olhar em todo o meu corpo começando da cabeça, indo até os pés e voltando com uma breve parada na altura do meu umbigo. Eu notei que sua intenção era me intimidar, mas ao erguer o rosto, seus olhos encontraram os meus e ela observou que meu sorriso era sincero.

— Não é necessário se arriscar tanto para me intimidar. Não me falta modéstia nem tampouco humildade. O que me faltou foi a palavra certa para dizer que estou impressionado com a sua beleza externa. Será que vou ter alguma chance de vasculhar por dentro também?

— E você diz isso assim? Sem rodeios?

— Eu prefiro os atalhos, encurtam o caminho — retruquei me sentindo um arlequim.

— Você é assustador, muito rápido para mim.

— Nem tanto, você nem imagina o quanto demorei até me aproximar de você.

— Eu não mordo — disse ela.

— Provavelmente não, mas nunca se sabe... você é mulher.

— E o que têm as mulheres, já foi mordido por alguma?

— Não é isso, é que, às vezes, não é a mordida que dói mais.

— É o coice? — Clarice desatou uma gargalhada espontânea.

Exalei um suspiro. Aquela reação me descontraiu.

— É engraçado — ponderei.

— O quê?

— A forma que começamos a conversar.

— Natural, pelo menos para mim — observou Clarice.

— Me sinto bem com você assim — emendei satisfeito.

— De que jeito?

— Natural.

— Me ajuda com isso — pediu mostrando um vaso de plantas.

— Deixa que eu levo. — Apanhei a planta e realoquei no local indicado. — E também não me importo de carregar as sacolas das lojas, viu?

— Isso eu poderia verificar depois. — E Clarice sorriu brejeira.

— Para quando podemos marcar esse... "depois"? Poderíamos aproveitar e almoçar juntos.

— Eu cuido dessa loja a semana inteira, só tenho tempo nos sábados de tarde ou aos domingos.

Clarice trabalhava em uma loja de decorações ao lado de um café que eu costumava frequentar. Depois que a vi, meus dentes escureceram, passei a ir lá mais vezes e a ser mais assíduo com o café. Ela era alta e tinha uma tez suave e luminosa. Seus olhos eram intensos e expressivos, seus cabelos estilosos complementavam sua beleza e realçavam sua elegância natural. Fiquei apalermado desde a primeira vez que a vi. Me aproximar dela foi custoso e eu julgava arriscado, pois era desafiador.

Eu estudava intensamente e tinha medo de perder minha concentração nos estudos. Considerei conhecer Clarice como uma tentação, um pecado que eu deveria cometer. Uma força que eu desconhecia me empurrava para perto dela. Marcamos para o sábado seguinte, sair juntos, ir a um bom lugar onde pudéssemos comer e conversar.

*****

Clarice pediu salmão, eu escolhi sirigado, um peixe nobre pescado nas águas do Atlântico no Nordeste brasileiro. O vinho foi escolha dela, eu preferi ser gentil e ceder nessa parte. Eu gostava de tinto, ela selecionou vinho verde português, não me opus, pelo contrário, achei a decisão acertada. É sempre bom liberar a preferência das mulheres, questão de cortesia, o carinho é imprescindível em momentos como esses. Discretamente reparei nos modos de Clarice desde quando ela se sentou à mesa. Observei, para meu deleite, que ela nunca me decepcionaria em eventuais situações sociais às quais um casal é convidado a comparecer.

O seu comportamento à mesa foi um bálsamo para os meus olhos. Era uma premissa para mim: escrutinar a conduta de uma mulher em uma mesa de restaurante. Talvez eu estivesse sendo antiquado, contudo eu aprendera desde os tempos de seminário, que os momentos das refeições são tão sagrados que merecem todo o respeito que pudermos dar.

E as etiquetas e os bons modos de uma mulher, principalmente à mesa, eu acatava como sendo uma fotografia tridimensional onde eu poderia enxergar as nuances de todo o seu procedimento social. Entretanto, ocultei de todas as formas a minha inspeção e me mostrei elegante o bastante para não revelar a minha análise.

— Você me disse que não se importaria em carregar sacolas.

— E não me importo mesmo, aliás será um prazer acompanhá-la caso queira ir às compras.

Eu estava há mais de dois anos sem namorar. Após o término com Ivana ninguém mais tinha atraído minha atenção. Eu estava totalmente entregue às minhas atribuições em referência aos estudos e ao objetivo de voltar à faculdade de medicina. No entanto, eu me divertia com Clarice e começara a refletir sobre a possibilidade.

— Ainda preciso de mais algumas coisinhas... algum problema?

— Nenhum, estou no seu tempo hoje.

— Se pesar demais, eu posso levar algumas.

— De jeito nenhum, essa é uma tarefa minha.

— Tenho que ir ao banheiro — informou Clarice.

— Eu te espero aqui.

— Pode segurar minha bolsa?

— Claro...

É bonito ver como é fácil a relação de duas pessoas quando estão na fase dos primeiros encontros, tudo é leve, aceitável, lindo, divertido... Ou talvez funcione como uma sabotagem da mente subconsciente em função de uma pretensão maior, e as pessoas se dobram. Ou, quem sabe, seria um artifício engenhoso no qual todos são exímios atores em diferentes proscênios? No caso derradeiro, resultaria em desencanto após o desmanche do cenário.

— Vamos andar mais um pouco — solicitou Clarice.

— Sim, olharemos mais algumas coisas e depois poderemos parar para um café, o que acha? — perguntei.

— Perfeito, vou pedir brownies.

— E eu, dois cafés expressos.

— Eu prefiro o café coado, se importa?

— De jeito nenhum, eu te acompanho. — Tentei ser cortês uma vez mais.

As mesas eram pequenas e expostas na calçada, mourões de madeira acabada cercavam o recinto estimulando a percepção de privacidade e aconchego.

— Está gostando do passeio?

— Todo lugar é bom desde que você esteja por perto — galanteei e Clarice me olhou desconfiada.

— Acho que nunca vou me casar — ponderou Clarice.

— E por que você pensa assim?

— Tudo é tão maravilhoso antes do casamento.

— Concordo, a realidade não é tão sedosa — acautelei.

— Estou amando de verdade o nosso passeio — disse Clarice.

*****

O advento dos shopping centers adulterou a graça que era fazer compras nas lojas de rua. A variedade de lojas com o clima controlado e as comodidades do local trouxeram praticidade. No entanto, comprar nas ruas, antigamente, tinha um glamour único, com interação social, charme das lojas locais, que se diferenciam entre si, e procedimentos mais personalizados.

Em meu âmago, eu havia intuído que aquele passeio com Clarice não fora somente um encontro fortuito. Tal foi o engajamento entre nós que ele certamente conduziria nossas vidas a caminharem juntas. A maneira com a qual nos olhávamos e a sensação de liberdade e bem-estar que sentíamos ao estarmos próximos um do outro prenunciaram laços de cumplicidade, naquele momento subjetivos, mas que possuíam grandes chances de se concretizarem.

Antes de me comprometer com os estudos na faculdade e prevendo estabelecer algo mais sério com Clarice, resolvi que eu deveria voltar aos EUA para rever meu filho. Eu não queria permitir que um hiato temporal muito longo causasse distanciamento entre nós, aliás eu tinha plena consciência de que as impressões da primeira infância poderiam ser determinantes para estabelecer relações de afetividade impregnantes e duradouras.

Comprei uma passagem e embarquei para Nova York mais uma vez, feliz pela perspectiva de rever meu filho; fui até a casa em que Ivana morava com os pais, mas ela não morava mais lá. Ao casar-se com Gregório, o Grego, ela teria se mudado para outro lugar que eu desconhecia.

Comecei a perguntar aos vizinhos, velhos conhecidos e a alguns parentes sobre a residência atual de Ivana, mas todos diziam não saber onde ela morava; passei duas semanas procurando por Douglas sem obter sucesso na busca; o número do telefone que eu tinha para fazer contato fora desligado; fui tomado de inquietação pela frustração de não encontrar meu filho. Portanto, tive que voltar às minhas atividades sem desfrutar da alegria de conviver com ele. Mesmo que por pouco tempo, esse reencontro teria sido importante para nós dois.

*****

Algum tempo depois…

— Tomaz, leve as sacolas e traga a bolsa da bebê. Traga também o carrinho, depois do pediatra vamos direto para a casa de minha mãe.

— Clarice, ainda estou estacionando, espere um pouco.

— Eu espero, Maria Vitória é que não, a mamadeira está na bolsa, veja como ela chora.

Estacionei o carro na vaga apertada do apartamento e subi o elevador, minhas mãos ocupadas com as compras do supermercado. Deixei tudo na mesa da cozinha e voltei incontinente e desengonçado carregando um carrinho de bebê e uma bolsa imensa com duas alças grandes. Maria Vitória era uma bebê exigente e Clarice enchia aquela bolsa com tudo o que conjecturava precisar quando tinha que ir a algum lugar.

Apertei o botão do elevador e aguardei. Em um lapso temporal de apenas alguns segundos, rememorei o episódio de cinco anos atrás quando estivera com Clarice em um café, tinha as mãos abarrotadas de sacolas de compras… O elevador parou e a porta se abriu diante de mim.

— Demorou muito, veja como ela está impaciente.

— Pegue a bolsa, vou pôr o carrinho no porta-malas — falei enquanto entregava nas mãos de Clarice a bolsa de alças grandes.

No início tudo era estranho e o frenesi da vida de casado me causava um certo espanto. Porém, com o passar dos dias, eu ia me habituando a atender às necessidades de Clarisse e Maria Vitória.

Douglas nasceu no dia 8 de junho, Maria Vitória nasceu no dia 8 de maio. Feliz coincidência ocorrera alguns anos após o nascimento do meu primeiro filho. Eu lamentava em silêncio o fato de não ver os dois juntos, brincando e correndo pela casa. Seis mil quilômetros separavam os irmãos, um em Nova York e outro em Fortaleza. Eu teria que reencontrar meu filho, dizer a ele que sua irmãzinha havia nascido, eu tinha a sensação de dever isso a eles, aos dois. Eles tinham o direito de se conhecer e saber dos laços sanguíneos que os ligavam. Certamente mais tarde me cobrariam esse dever.

A faculdade de medicina fora, mais uma vez, postergada por tempo indeterminado. Os encantos de Clarice mudaram minha trajetória e agora o nosso amor tinha dado frutos e gerado uma linda menina de cabelos fartos, acastanhados e olhos grandes.

Duas campanhas se agrupavam na minha cabeça, aliás, três, esperando por respostas imediatas as quais eu não tinha. Me alucinava pensar na possibilidade de falhar em qualquer uma delas. A primeira campanha era a busca por meu filho que há muito eu não via. Ivana não me atualizava referente ao seu crescimento, à sua saúde, não me dizia nada e eu temia por meu filho, como ele estaria sem a presença do pai e sendo obrigado a viver com um estranho. A segunda campanha era concluir o curso de medicina, que eu havia abandonado em função do casamento com Clarice.

A sequência da vida não me permitiu avançar em meus estudos e me preparar novamente para o ingresso na universidade. A terceira campanha era a mais iminente; cuidar de minha família, esposa e filhinha seria o mais óbvio; era o momento em curso, presente todos os dias diante dos meus olhos, demandando minha presença, cuidados e atenção.

Na minha mente consciente, era inconfundível a opção imediata de apoiar emocionalmente minha esposa, participar ativamente na criação de nossa filha, compartilhar das atividades domésticas, por que não? E proporcionar um ambiente amoroso e seguro em casa.

Eu não via como descartar deliberadamente nenhuma de minhas campanhas, porém havia uma incongruência entre elas naquele determinado momento e seria difícil arrebatar e orquestrar tudo para que acontecesse harmoniosamente. Eu teria que optar por resolver tudo na medida do possível. Eu teria que traçar um plano de contingência para atender a todas as minhas necessidades e aplacar os seus possíveis e nefastos resultados caso eu não o fizesse.

A faculdade de medicina poderia esperar mais alguns anos, por ser o menos impactante naquela altura da vida. Mesmo não sendo menos importante, eu deveria projetar para ser concluída quando as coisas estivessem mais aclaradas. Douglas estava crescendo e não esperaria por mim parado no tempo, assim julguei ser de extrema relevância ir atrás do meu filho e retomar minha convivência com ele. A situação atual teria que seguir seu curso naturalmente. Cuidar de minha família era essencial e improrrogável. Executar uma coisa após a outra não significava desinteressar-me do que fora prorrogado, apenas administrar para conseguir que tudo fosse concluído.

CAPÍTULO XIII

DESILUSÃO

Guga se formara e agora era médico neurologista. Em uma de nossas conversas prometeu me visitar em New Rochelle no estado de Nova York, cidade para onde eu havia me mudado com Clarice e Maria Vitória. Lá começamos do zero, alugamos a parte de cima de uma casa de dois andares e mobiliamos. A casa era confortável, tinha três quartos grandes, a cozinha dava acesso ao quintal pela porta dos fundos e eu tinha um pequeno estacionamento e também direito a garagem com porta manual. Agora eu estava mais próximo do meu filho, com grandes chances de reencontrá-lo. Bastava me organizar e começar a procurá-lo.

Eu não fazia a menor ideia de onde ele poderia estar. O apoio de Clarice, naquele momento, seria fundamental para que eu reencontrasse Douglas. Enquanto estávamos no Brasil o seu apoio era incondicional, porém, ao chegar nos Estados Unidos, ela começou a questionar sobre a possível convivência com meu filho. Algumas restrições de Clarice foram gatilho para muitas de nossas brigas. Eu dizia a ela que não abriria mão do meu filho e que o principal motivo de nos mudarmos para lá era reencontrá-lo, enquanto ela contra-argumentava que dessa forma eu não me entregaria por inteiro a ela e a Maria Vitória.

— É provável que seu filho nem se lembre mais de você — disse Clarice.

— É possível... Mas ele ainda é criança, e uma boa convivência poderá restabelecer o relacionamento — retruquei.

— E tem mais — continuou ela.

— O quê?

— Você não vai depender somente de mim para resgatar esses laços.

— O que você está dizendo? — indaguei ressabiado.

— Que caso a mãe do menino não o ajude com essas questões, você não conseguirá que ele te reconheça e passe a gostar de você.

Eu tinha consciência de que sem a assistência de Ivana seria quase impossível obter de volta a confiança de Douglas. Eu me valeria da lei para conseguir ficar com meu filho, mas como me havia dito Ivana nos tempos de sua gravidez, a lei não seria garantia do amor do menino.

A vida nos Estados Unidos é cara e demanda bastante trabalho com salários compensadores. O trabalho consumia a maior parte do meu tempo durante a semana, eu aproveitava os finais de semana para sair à procura de Ivana e de meu filho. As redes sociais começaram a surgir anos depois e naqueles dias não eram uma opção para mim. Eu procurava tudo presencialmente, contatando "um e outro", mas ninguém dizia coisa alguma que me desse pistas sobre o endereço de meu filho. Em um hiato temporal de cinco ou seis anos, as pessoas costumam mudar de endereço ou de telefone, o que tornava difícil obter respostas de amigos e colegas que eu conhecia de tempos atrás. Por mais de seis meses busquei por Douglas na medida do possível, dados os devidos descontos por conta do trabalho e do tempo necessário para estar com Clarice e Maria Vitória.

Já tinham se passado sete meses quando decidi pausar as buscas e pensar em uma maneira mais eficaz de encontrá-lo. Clarice suplicou, com razão, por uma maior presença minha em casa com ela e nossa filha. Eu concordei em passar mais tempo com elas, pois Clarice começara a se aborrecer com a minha ausência tanto pelo trabalho quanto pelas longas saídas na captura de uma pista que me levasse ao endereço de Ivana. Eu precisava ressignificar a falta de Douglas, eu aprendera que ele nunca iria deixar de ser meu filho assim como eu nunca iria deixar de ser seu pai. A relação é que poderia se transformar caso eu não o encontrasse por um longo período de tempo, porém o fato jamais poderia ser modificado.

Retomamos nossa vida normalmente como deveria ser. Após o trabalho, à noite eu permanecia em casa e nos finais de semana aproveitava para brincar com minha filha e estar com Clarice. Íamos ao parque, fazíamos piquenique, cinema, coisas normais de toda família unida. Nosso relacionamento, que fora desgastado por minha constante ausência em casa, agora estava refeito e éramos felizes de novo. Eu sempre apreciei os carinhos de Clarice e era um marido bastante recíproco, o que tornou a deixá-la entusiasmada com a nossa relação.

Clarice anunciou sua segunda gravidez. Estávamos há oito meses em New Rochelle e foi imensa a nossa alegria. Seguimos todos os protocolos de pré-natal e nos preparamos para a chegada de Maria Clara, que se deu em outubro. Agora eu tinha duas filhas, toda a atenção deveria ser redobrada, assim como foram as despesas da casa. Clarice, justificadamente, deixou seu emprego para se dedicar às crianças. Eu trabalhava para garantir o bem-estar da família. Meu tempo era tomado ora pelo trabalho duro, ora pela família, que demandava atenção e presença.

No primeiro aniversário de Maria Clara fizemos uma festa e convidamos alguns conhecidos, tudo correu bem, as crianças eram saudáveis e a família era feliz. Frequentávamos a igreja e lá conhecemos outras pessoas de diversas nacionalidades. Assim conduzimos nossa vida, porém Clarice sentia falta dos familiares que deixara no Brasil e começou a cogitar uma volta.

— Tomaz, eu não me sinto plena aqui longe de meus familiares.

— Mas não te falta nada.

— Não me refiro a coisas.

— A que se refere?

— Veja, fizemos uma festa para nossa filha e dentre os nossos convidados não havia sequer um familiar.

— Todos moram longe, não tinha como convidar.

— Não é chato isso? — indagou resmungando.

— São fases da vida, meu amor.

— Entendo, mas sinto falta.

— Deles? De todos?

— De um melhor convívio com meus familiares.

— Eu reconheço, é difícil para mim também.

Clarice lamuriou e percebi sua sinceridade. Apesar de saber que toda família briga muito, estamos sempre desejosos por grandes reuniões e encontros à volta de uma mesa grande celebrando a vida. Eu também sentia falta das comemorações com meus pais e irmãos.

— Não sei quanto tempo irei aguentar longe de meus pais.

— Por que?

— Sinto saudades deles.

— É natural sentir saudades, é prova de que você os ama.

— É claro que amo meus pais.

— Será que o Douglas sente saudades de mim?

— Provavelmente não.

— Como assim, provavelmente não?

— Ele era muito pequeno quando você se foi de perto dele.

— Os filhos pequenos também sentem saudade.

— Certamente, mas não teve tempo para acumular muitas imagens de você.

— Por isso tenho urgência de encontrá-lo.

Eu me preocupava com Clarice, ela andava meio acabrunhada, eu temia que algum fator externo pudesse desencadear uma melancolia profunda. Se Clarice me faltasse, seguramente arruinaria meus planos de reencontrar meu filho.

— Tenho percebido que você anda triste.

— Sim, estou mesmo.

— Me diz o que posso fazer para lhe ver mais feliz.

— Nem eu mesma sei.

— Talvez possamos descobrir juntos. Você quer trocar o carro?

— Trocar o carro não vai preencher esse vazio.

— Do que você está falando?

— Sinto falta de progredir na minha vida.

— Com duas filhas pequenas para cuidar... — objetei.

— Acho que sinto falta de uma carreira profissional.

— Já pensou em fazer um curso?

— Não, não pensei.

— Gostaria de fazer?

— Acho que não.

— Estou sentindo que você quer voltar para perto de sua família, estou errado?

— Não, você está certo. Acho que é isso mesmo.

— E como resolveremos essa questão? — ponderei desconfiado.

— Eu vou pensar em uma forma de contornar.

Fiquei um pouco aliviado ouvindo Clarice dizer que pensaria em uma forma de contornar. As crianças demandavam muito dela, talvez essa carga toda a estivesse frustrando e a falta de perspectiva a deixava sem entusiasmo. Clarice tinha se formado em administração de empresas, nunca fora uma mulher do lar e agora se via sem horizontes apesar de meus constantes apelos tentando convencê-la de que era temporário.

— Tomaz.

— Sim, querida.

— Estive pensando...

— Humm...

— Se eu voltasse agora para o Brasil, você teria mais tempo para procurar seu filho.

— Não entendi.

— Às vezes penso que estou atrapalhando.

— Você é a mulher da minha vida, como me atrapalharia?

— Atrapalhando você de conseguir as coisas que tanto quer.

— Você e as minhas filhas são o meu primeiro plano agora.

— Você abriu mão de estudar medicina por causa do nosso casamento e agora também não pode encontrar o filho porque se dedica à nossa família.

— Não, Clarice, a vida é como ela é, quando o problema é muito grande a gente parte ele ao meio, divide em dois, resolve uma parte e depois resolve a outra.

De repente a sala mergulhou em um silêncio pesado, como se o ar tivesse sido sugado para fora. Clarice tinha a voz trêmula. Respirou fundo e se aproximou de mim.

— Tomaz... — disse com a voz quebrada. — Eu não posso mais continuar aqui, preciso ir embora, embora...

Suas palavras pairaram no ar como se o próprio ambiente tivesse parado de respirar. Eu tentei processar o que estava acontecendo e assim permaneci algum tempo boquiaberto, nenhuma palavra saía de minha boca.

Clarice continuou, sua voz mais firme agora, embora carregada de tristeza.

— Eu tentei, Tomaz, por todo esse tempo que passamos aqui. Se eu continuar, tenho medo de sermos infelizes.

Quando finalmente encontrei minha voz, lhe expliquei que poderíamos ficar mais um tempo e depois iríamos os dois, pois estávamos juntos desde o início para vencermos juntos qualquer barreira que se interpusesse entre nós.

Ela balançou a cabeça e vi lágrimas escorrerem por seu rosto.

— Já tomei minha decisão, eu vou e você vai depois, não quero insistir mais nesse lugar. Tenho que encontrar um caminho mais vibrante para a minha vida, que não seja somente cuidar das meninas, de você e da casa. Veja, nem de mim eu cuido mais, não tenho mais vontade.

Naquele momento percebi que Clarice poderia estar adoecendo por excesso de melancolia, meu coração encheu-se de compaixão.

— Tomaz, eu sei que amo você, mas o amor nem sempre é suficiente, preciso encontrar paz.

Meu mundo parecia desmoronar, diante das palavras de Clarice eu me senti impotente. Eu não podia e não queria forçá-la a ficar.

— Eu vou na frente, ajeito tudo por lá e você vai depois, nosso casamento não precisa se acabar. Nosso amor ainda existe e lutaremos por ele.

Eu ouvia calado, não procurei argumentar, iria piorar as coisas. Fiquei assim por algum tempo e depois lhe disse:

— Dentro de uma semana eu lhe respondo se vou com você ou não, se eu decidir que não irei, voltaremos a conversar sobre esse assunto.

— Combinado — concluiu Clarice mais aliviada.

A angústia que se instalou em mim diante daquela decisão crucial era como um vendaval revolvendo minhas emoções e meus pensamentos. Era um caminho espinhoso onde meu coração se debatia. O peso das responsabilidades, das promessas feitas e dos sonhos compartilhados parecia insuportável. Muitas dúvidas se entrelaçaram em minha mente com o medo do desconhecido. O que será de mim se eu ficar? O que será de mim se eu me for?

O desejo de reencontrar Douglas era como uma âncora me puxando para ficar enquanto os apelos de Clarice por libertação e renovação batiam incisivamente na porta. Eu não podia deixar que ela se fosse assim levando minhas duas filhas, que eram para mim a razão pela qual eu vivia. Uma mistura de amor e nostalgia me assolou, passou pela minha cabeça que a última vez que me vi assim foi antes de deixar a universidade, tal angústia havia me causado grande inquietação.

*****

Novamente a turbulência orográfica sacudiu a aeronave, e o piloto avisou sobre a necessidade de manter afivelado o cinto de segurança, sobrevoávamos uma cadeia de montanhas, e o atrito do ar ao soprar contra as elevações montanhosas resultava em turbulência que desestabilizava o avião. Aquele fenômeno já era um velho conhecido meu. A cadeia de montanhas do maciço de Baturité fica a 80 km de Fortaleza e não há como os pilotos voarem alto o suficiente para evitar as correntes, pois se assim o fizessem comprometeriam a aproximação para o pouso.

*****

Nos próximos anos que se seguiram, minha vida foi inteiramente dedicada ao trabalho e à família. Eu teria novamente que postergar qualquer outra campanha em função do convívio com minhas filhas e esposa. O tempo desenfreado esqueceu-se de me alertar sobre o quão rápido ele correria. Desavisado não me dei conta de que os últimos dez anos pareceram dez dias. Extraordinariamente, calculei que determinadas circunstâncias têm tempo útil, e caso eu as negligenciasse, perderia o horizonte. Eu deveria agir rápido se quisesse alcançar meus objetivos.

O casamento de quase 15 anos começou a desabar. Depois de todos esses anos vividos juntos, nosso casamento caiu em um padrão prejudicial, um círculo vicioso onde o desrespeito mata o amor e a falta de amor culmina em desrespeito. Chegamos a um ponto de comunicação deficiente, onde nossas necessidades e frustrações não eram expressas adequadamente, o resultado óbvio e inequívoco era o ressentimento.

A ausência de diálogo criou uma distância emocional entre nós, um certo isolamento que resultou em buscas por conforto em outras situações fora do casamento. As brigas por motivos medíocres começaram a revelar o descontentamento com a condição. O diálogo ficou distante e, quando finalmente conversávamos, era para discutir, e quase sempre discussões repetidas e sem resolução real. Os comportamentos repetitivos deterioraram nossas buscas por soluções. Mesmo depois das brigas os padrões se repetiam e desgastavam continuamente, corroendo o amor e a confiança.

— Clarice, precisamos conversar — provoquei.

— Conversar para discutir?

— Dessa vez não.

— Qual o teor da conversa?

— A nossa relação.

— Ih, não... Pensei que as mulheres é que gostassem de discutir a relação.

— É sério — ponderei.

— Eu estou falando sério — argumentou Clarice.

— Dessa vez não é questão de discutir relação.

— Fala de uma vez.

— Nosso casamento não está mais funcionando.

— Concordo, você não quer fazer funcionar.

— Não me venha com jogo de culpas.

— Você arruinou o nosso amor — despejou Clarice com fúria.

— Não quero discutir — emendei calmamente.

— Já estamos discutindo.

— Será que nunca mais poderemos dialogar nessa casa? — indaguei descontente.

— Fala de uma vez. O que você deseja? — Clarice perguntou parecendo saber de antemão qual seria a resposta ou provocara para que eu falasse sobre a separação e eximisse dela a culpa pela iniciativa.

— Nosso casamento não está mais funcionando.

— Você já me falou. O que você deseja, Tomaz? Fale de uma vez, você quer separar?

— Não vejo outra alternativa.

— Estou de acordo, eu também não acredito que possamos reverter.

— Mas não ponha nos meus ombros essa culpa, por favor — insisti novamente.

Clarice me olhou intensamente e não disse mais nada.

CAPÍTULO XIV

OUTRA PERSPECTIVA

Morando sozinho em um apartamento pequeno comecei a reprogramar minha vida. Agora mais maduro eu tinha a perfeita noção da preciosidade do meu tempo e não estava disposto a desperdiçá-lo. Elaborei um plano de ação com a finalidade de alcançar os objetivos que até então teriam sido frustrados. Me dediquei a estudar, dessa vez seria definitivo e, ao mesmo tempo, eu faria viagens periódicas aos Estados Unidos para tentar reaver minha convivência com Douglas. Nas primeiras férias que tirei após algum tempo sem descanso, viajei aos Estados Unidos. Eu havia coletado algumas informações previamente, pois não teria muito tempo para permanecer lá.

Os tempos eram outros e os recursos midiáticos tinham evoluído bastante. Encontrei Ivana e conversamos sobre nossas vidas. Ela me revelou os detalhes do plano sórdido de Gregório, o Grego, para a adoção fraudulenta de Douglas.

— E como é que você teve a coragem de participar de uma sujeira como essa?

— Ele não me deixou opção.

— Nós sempre temos opção para não cometer crimes, Ivana.

— Não, eu não tive.

— E por que não?

— Eu entrei em crise de consciência e acabei cedendo.

— Crise de consciência você deveria ter em relação ao crime que cometeu.

— Não é simples assim.

— Complicado é cometer crime.

— Em nenhum momento passou pela minha cabeça que eu estava cometendo um crime.

— Oh! Que santa inocência.

— Sério, não pensei em crime.

— Logo você, ãh?

— Eu estava bem com o Gregório e acreditei que as intenções dele eram verdadeiras, que ele pensava no melhor para o Douglas.

— Mas, por favor, me faça entender. Tanto você quanto ele me conheciam. Vocês já estavam criando o meu filho. Me explica: por que tentar tirar de mim a paternidade dele? Você sabia que quando ele nasceu eu assinei a paternidade no Hospital Saint Barnabas.

— Sim, eu sabia — respondeu Ivana, constrangida.

— Então por que cometeu essa fraude?

— Por influência de Gregório, já falei.

— Ivana, eu sinto muito, vou denunciar vocês dois à polícia e processá-los por essa fraude.

— Não faça isso.

— Faço sim e vai ser agora.

— Não faça isso, Tomaz, você irá prejudicar o Douglas.

— E por que eu prejudicaria o Douglas agindo assim?

— Por que ele não te reconhece mais como o pai dele.

— E por que você não revelou a ele quem era o pai e manteve isso desde a primeira infância?

— Era uma situação complicada, eu estava magoada com você por ter me abandonado.

— Eu não te abandonei.

— Você não quis se casar comigo.

— Isso é diferente de abandonar, você precisa rever seus conceitos, não estamos mais na Idade Média. Eu nunca abandonei você e nem o meu filho Douglas. Eu propus criarmos o nosso filho, juntos, mesmo não estando casados.

— Mas naquela época não era assim que pensávamos.

— Você pensava, ãh?! Não eu.

— Sim, pode ser, eu pensava assim.

— E por que você acha que eu não devo denunciar você e o Grego?

— Porque isso faria o Douglas sofrer e ele poderia alimentar raiva de você.

— Ãh?! Então agora você não deseja que ele tenha raiva de mim, mas na época você programou essa raiva juntamente com o grego praticando a alienação parental contra mim.

— Você estava distante.

— Eu quero ver o meu filho imediatamente — falei com firmeza.

— Ele não quer te ver.

— E como você sabe disso?

— Eu já conversei com ele sobre te encontrar.

— E o que ele disse?

— Que você não interessa mais para ele... e que... ele já tem pai.

As afirmações de Ivana me doeram na alma. Olhei inexpressivo para os lados ensaiando um disfarce para minha dor. Ivana, por um momento, aparentou ter compaixão.

— Eu vou continuar conversando com o Douglas e tentando convencê-lo a te encontrar.

— Ivana... Eu preciso ver o meu filho. Diga onde ele está, agora... já!

— Não posso, se eu fizer isso vou estar desrespeitando a vontade dele.

— Vontade? Que vontade? A que você criou na cabeça dele desde criança?

— O que está feito... está feito! — concluiu Ivana.

Em um lampejo de sabedoria, tomei consciência de que aquele não era o momento mais adequado para tirar satisfações com Ivana. Eu deveria reforçar ações positivas nela, caso contrário ela poderia me retaliar novamente. Eu deveria trazê-la para o meu lado para trabalharmos juntos o reencontro com Douglas. Me contive e recomecei o diálogo de forma mais sensata.

— Eu poderia encontrá-lo e falar com ele... Sem dizer que foi você a me revelar o endereço — concluí.

— Correto. Eu vou deixar você vê-lo.

— Quando?

— Domingo.

— Próximo domingo?

— Sim, no próximo domingo às 9h.

— Onde?

— Calma... primeiro você vai me prometer que não vai confrontá-lo ou tentar se aproximar dele à força.

— Eu prometo.

— Caso você se aproxime dele, poderá arruinar nossa tentativa de consertar as coisas e ele voltar a conviver com você. Vamos dar tempo ao tempo agora. Estamos entendidos?

— Sim, estamos entendidos. Me diga o local.

— Domingo na missa das 9h na Igreja Saint Aloysius em Newark.

— Saint Aloysius... em Newark?

— Sim...

— Você frequenta a igreja?

— Não frequento, mas estarei lá com meus dois filhos.

— Você tem outro filho?

— Sim!

— Com o Grego?

— É...

— Humm...

— Eu estava casada com ele. Por que o espanto?

— Estava casada?

— É... Estava. Estamos separados.

— Sinto muito!

— Não precisa sentir. Aquele imbecil me fez sofrer muito.

— Então fico feliz que tenha aberto os olhos.

Ivana me olhou e sorriu levemente.

— Estarei lá domingo às 9h.

— Cumpra a sua promessa de não se aproximar.

— Combinado.

Cheguei em frente à igreja pontualmente às 9h, mas fiquei do outro lado da rua a uma certa distância prognosticando o que estava para se suceder. Douglas tinha dezesseis anos de idade e eu estava curioso para ver como ele era fisicamente.

Percebi quando Ivana estacionou seu carro e começou a caminhar ao lado de dois garotos: um era pequeno e franzino, tinha a testa grande e seus cabelos começavam no alto da cabeça deixando seu rosto arredondado. Presumi logo que devia se tratar do segundo filho de Ivana. O outro era maior, um jovem bonito, tinha cabelos acastanhados, não pude distinguir a cor dos seus olhos, ele ainda estava longe e vinha na direção da porta da igreja. Esperei mais um pouco e então pude definir que se tratava de Douglas, meu menino querido que há muito eu não via. Há tanto tempo longe do meu filho, que eu não o conhecia mais. Era completamente diferente da criança de um ano que carreguei em meus braços da última vez que o vi. Tive a necessidade de certificar que aquele era mesmo o meu filho.

Douglas era grande e desenvolvido, um jovem bonito e saudável. Quando chegaram mais perto distingui os trejeitos dele e me identifiquei. Fiquei embevecido ao ver como se parecia comigo, seu modo de andar era idêntico ao meu. Pensei em falar com ele, contudo me lembrei das recomendações de Ivana, que estava presente para assegurar que eu não me aproximasse. Me mantive a mais ou menos trinta metros de distância, conforme havia combinado com Ivana. Eu estava acreditando que Ivana empreenderia esforços para que Douglas se aproximasse de mim. Que ironia... depois de tantos anos tentando encontrar meu filho, agora eu não podia nem chegar perto dele. Comecei a questionar em silêncio se essa decisão de não me aproximar de meu filho seria a mais acertada.

Num ímpeto de lucidez ou de desespero que não tive como qualificar, comecei a pensar na possibilidade de conversar com meu filho e lhe explicar tudo que havia acontecido, dos percalços que nos separaram; das atitudes nefastas de Gregório, da busca frustrada por ele algum tempo atrás. Tudo se misturou na minha mente e um pandemônio se instaurou dentro da minha cabeça, eu não me importei mais se estaria sendo racional ou irracional, eu queria definitivamente me aproximar do meu filho e estar com ele.

De sobressalto chamei por Douglas, ele não me ouviu, mas Ivana estava atenta e o puxou pela mão se mostrando apressada. Percebi quando começaram a andar rápido no pátio da Igreja e depois a correr, eu corri também chamando por Douglas. Eles entraram na igreja e eu segui atrás. A missa havia começado e a igreja estava cheia de fiéis. Procurei por eles e vi quando saíram por uma porta lateral que dava acesso ao pátio interno, passei por entre os fiéis me desculpando e alcancei a porta. Saí no pátio, olhei para os lados, mas não os avistei. Aonde teriam ido? Notei que havia um pequeno portão de ferro aberto com saída para a rua da frente, corri até lá e ainda tive tempo de ver Douglas, mas eles entraram em um carro que saiu em velocidade.

Meu celular tocou, atendi prontamente, pois visualizei a foto de Ivana na tela.

— Alô, Ivana, onde você está?

— Você não cumpriu o combinado.

— Eu apenas queria ver o meu filho por mais tempo.

— Eu te disse para não se aproximar, ele poderia ficar assustado.

— Eu não tinha a intenção de confrontá-lo.

— Nós combinamos que você manteria certa distância.

— Ivana, tenta entender.

— Entender o quê, Tomaz?

— Há quanto tempo não vejo meu filho — indaguei com a voz alterada.

— E continua querendo estragar tudo? — gritou Ivana do outro lado da linha.

— Já faz muito tempo que venho procurando por ele, Ivana, tenta entender pelo amor de Deus!

— Eu tenho que prepará-lo primeiro, as coisas não são assim. Tenha paciência.

— Como eu vou poder confiar em você depois de tudo que fez pra levar meu filho pra longe de mim?

— Você tem outra opção? — esbravejou Ivana repetindo: — Você tem outra opção?

— Ivana, precisamos conversar.

— Estou com meus filhos, te vejo amanhã.

Depois de desligar o telefone Ivana não atendeu mais nenhuma de minhas ligações, tampouco retornou minhas chamadas. Era certo que ela não entendia minha aflição. Eu queria confiar que ela estaria do meu lado desta vez, mas algo gritava forte em mim tentando me alertar de que eu deveria me aproximar do meu filho e iniciar uma conversa com ele.

Impaciente, esperei aquele dia inteiro por algum contato de Ivana, mas ela não ligou.

Na manhã seguinte, para minha surpresa, havia em meu celular uma mensagem de Ivana com o endereço de um café no Village, em Manhattan.

— Não acreditei que você viria.

— Eu lhe disse que quero ajudar para que você volte a estar com o nosso filho.

— Será que posso acreditar?

— Eu não estaria aqui se não pudesse. Tomaz, já se passou muito tempo, a vontade de Douglas tem que ser respeitada e ele não quer te ver.

— Você falou com ele?

— Sim, eu conversei ontem com ele sobre tudo o que está acontecendo.

— E ele?

— Irredutível — confirmou Ivana.

Respirei fundo, eu sabia que tinha uma grande cota de culpa por ter permitido que a situação chegasse a tal estado. Ivana me mostrou fotos de Douglas, muitas e em uma delas vi que ele tinha uma tatuagem nas costas.

— Por que você permitiu essa tatuagem?

— Oh! Por favor… Cresça… Não havia como não permitir, o Gregório também tem tatuagens pelo corpo.

— Aquele imbecil — desabafei.

— O que você tem contra as tatuagens?

— Nada, mas Douglas tem apenas dezesseis anos.

— Ele é muito maduro.

— Certamente, mas não para se tatuar assim tão cedo.

— Os rapazes de sua idade já são tatuados.

— Sempre pensei que a aristocracia não se tatuasse.

— Por acaso… seu filho é um aristocrata?

— Eu acreditava que sim, pelo menos de comportamento aristocrático.

— Vejo que você precisa realmente conhecê-lo.

— Claro que sim.

Ivana me atualizou sobre a vida de Douglas, me mostrou fotos e narrou vários episódios ocorridos durante o tempo que ficara casada com o Grego. Ele a fizera sofrer a ponto de quase levá-la à loucura. Tratamentos psiquiátricos se fizeram necessários para que ela recuperasse a sanidade mental.

Alguns dias depois voltei a me encontrar com ela.

— Me fale mais sobre o meu filho.

— Ele é muito inteligente.

— Bem... Sou grato por contribuir, quero saber de novidades.

— Ele pensa em se alistar no exército americano.

— Ele pensa em seguir carreira militar?

— Não deixou muito claro sobre essa questão.

— Não posso ficar por muito tempo aqui, tenho negócios no Brasil — argumentei.

— Pensei que moraria aqui novamente.

— Eu vim só para ver o meu filho. Pelo jeito, frustrei o intento novamente.

— Não será fácil, mas temos que respeitá-lo e deixar que ele atue no "próprio tempo".

*****

Dois anos depois, Ivana me telefonou para dizer que Douglas estava no Iraque, teria se alistado na aeronáutica e fora enviado para servir em outros campos. Pelo menos a guerra já tinha acabado e as manobras militares eram somente de manutenção. Eu teria que esperar um pouco mais caso quisesse fazer qualquer outra investida.

Nesse ínterim minhas filhas cresciam em tamanho e conhecimento. Maria Vitória iniciara um curso de arquitetura e Maria Clara continuava no ensino médio.

A vida teria que continuar, no entanto o buraco que foi aberto em meu peito nunca cicatrizou. Eu vivia sufocado pela distância entre mim e meu filho. Distância geográfica e distância afetiva. Eu me via aprisionado em uma teia de frustração. Eu ansiava por abraços, carinhos e confidências com meu próprio sangue. O que nos separava eram circunstâncias dolorosas. O direito de convivência era uma promessa vazia.

Muitas barreiras invisíveis foram criadas por Ivana com a cumplicidade de seu marido e sua família. Douglas tinha sido transformado em um peão no tabuleiro das desavenças entre Ivana e o Grego. Era uma luta inglória contra uma maré de justificativas inadequadas. Eu, um genitor frustrado, enquanto meu próprio filho, alheio a essa batalha, crescia com lacunas no peito.

Meus conhecimentos em genética médica me faziam crer que metade das características comportamentais do ser humano estariam sob influência direta dos genes. Pais e filhos compartilham em média 50% dos genes e, mesmo quando os filhos são criados distantes dos pais, a genética pode influenciar traços comportamentais semelhantes. Pensar nessas questões me confortava um pouco. Era provável que Douglas pensasse um dia, mesmo que tardiamente, que os laços entre pai e filho são eternos, mesmo distanciados, eles permanecem eternos.

Eu refletia sobre Douglas, sendo maior de idade, já com dezoito anos; suas decisões não seriam mais controladas ou influenciadas por outras pessoas. Eu tinha que verificar por mim, pois até então eu não tinha acreditado em nada que Ivana dissera a respeito da negativa dele em querer me encontrar. Eu queria ouvir de Douglas, dele próprio, o que ele pensava a meu respeito. Qual seria a decisão tomada por ele. Estabeleceria laços com seu pai biológico? Daria uma nova chance à convivência entre nós dois? Afinal, meu raciocínio era de que, se ele tinha agora dezoito anos de idade, então teríamos muitos anos ainda pela frente para estabelecer nossa convivência.

Quem sabe aprenderíamos a nos amar de verdade por mais sessenta ou setenta anos. Ainda tínhamos muito tempo pela frente...

*****

Guga era neurologista e se empenhava muito em pesquisas independentes sobre a mente e os comportamentos mentais. O advento dos celulares facilitou a comunicação e agora poderíamos conversar a qualquer hora e de qualquer lugar. Liguei para Guga.

— Meu irmãozinho, como vai? Podemos conversar?

— Claro que sim, sobre mulheres?

— Hoje não, é um outro assunto.

— Que assunto pode ser melhor que falar sobre mulheres?

— Eu gosto de falar de mulheres, mas hoje quero saber sua opinião a respeito de um determinado...

— Se é consulta, liga para a minha secretária — disse Guga rindo e chacoteando ao me interromper.

— Sim, é uma consulta, mas sei dos meus direitos como amigo. Sou isento de pagamento de consultas — retornei a graça.

— Vamos lá, me consulte, talvez eu possa ajudá-lo.

— Em qual idade são construídas as convicções afetivas?

— Pergunta interessante, preocupado com seu filho?

— Responda, preciso da sua resposta.

— Então vamos lá... Convicções afetivas são construídas ao longo da vida, influenciadas por reflexões, experiências e contextos individuais.

— Ótimo, existe limite de idade para que sejam estabelecidas?

— Não, não há limite de idade para se estabelecer convicção afetiva, cada pessoa tem a sua jornada. Apesar das convicções afetivas serem passíveis de transformação ao longo do tempo, as decisões de cada um é que irão determinar o seu curso.

— Excelente, gostei de saber! — Elogiei Guga por seus conhecimentos adquiridos durante toda a trajetória como estudante e profissional que nunca para de estudar, eu o admirava.

— Suas perguntas são muito pertinentes, alguma coisa te aflige?

— Apenas quero entender melhor essas questões para poder desmitificar o fato de um filho não poder ou querer começar a conviver com seu pai caso o encontre depois de adulto.

— Sinceramente, vai depender dos dois. Mais do filho, é claro.

— E o que poderia determinar uma possível aproximação entre um filho que foi criado distante e seu pai biológico?

— A vontade do pai em querer conviver com o filho e a vontade do filho em querer conviver com seu pai.

— Existe algum bloqueio mental que impeça esse convívio?

— A formação de padrões comportamentais na primeira infância pode influenciar.

— E como acontece essa formação?

— Durante os primeiros anos de vida a mente é altamente receptiva à aprendizagem.

— Sim, certamente.

Eu tinha certeza que as matrizes da mente do meu filho tinham sido manipuladas para que não me aceitasse, se mantivesse indiferente quanto a mim, ou pior, que me odiasse.

— E isso pode ser corrigido?

— A palavra certa é transformado — interveio Guga prontamente.

— E como poderia acontecer essa transformação?

— Através da neuroplasticidade contínua do cérebro.

— Amigo, agora você falou difícil.

— É a minha área de trabalho, eu entendo bem — brincou Guga.

— Me explica melhor sobre esse fator.

— Explico sim, é o seguinte: é importante ressaltar que o cérebro humano é altamente plástico, em termos de flexibilidade, e pode se adaptar ao longo da vida.

— Preciso saber mais.

— Certo, vamos lá... Mesmo em idades avançadas, novas experiências e aprendizados podem alterar nossas crenças e comportamentos.

— Gostei de saber.

— Esse processo é contínuo e dinâmico com oportunidades de mudança e crescimento ao longo da vida.

— E o que é preciso para que alguém aproveite esses benefícios do nosso cérebro?

— Tem que se permitir, engessar a mente não favorece em absolutamente nada. Por exemplo: eventos traumáticos geram distúrbios psicológicos.

— Me diga alguns casos.

— Síndrome do pânico, transtornos de ansiedade, dependência química, alcoolismo… Só para mencionar alguns.

— E como as pessoas se livram dessas mazelas?

— Através da assistência psicológica profissional elas podem aprender a reprogramar seus costumes e desenvolver novos hábitos.

— E tudo isso através da plasticidade neural?

— Obviamente, boa vontade em primeiro lugar, inclusive para aproveitar os recursos da plasticidade neural.

— Sendo assim: "Bem-aventurados os homens de boa vontade" — citei uma passagem da Bíblia.

— É isso aí, corretíssimo! "Bem-aventurados os homens de boa vontade".

Depois de agradecer a Guga pelas valiosas informações e me despedir, me entreguei aos meus próprios pensamentos e fiquei absorto, envolvido em ilações. Guga chegou onde eu esperava, Douglas teria que se permitir. Engessar a mente não o favoreceria em absolutamente nada, e nem a mim. Eu queria encontrá-lo, estar junto dele para podermos conversar sobre todas essas coisas. Mostrar a ele que é melhor, e mais benéfico, ser positivo em tais circunstâncias. O negativismo é cruel e nocivo, não ajuda em nada e atrapalha bastante.

Olhar positivamente era o que eu esperava do meu filho ou, talvez, quem sabe, coubesse a palavra perdão…

*****

Quando o celular tocou eu estava em Copacabana. Olhei para a tela e vi a foto de Ivana, atendi prontamente.

— Olá, Ivana, tudo bem?

— Tudo ótimo, tenho uma notícia boa.

— Fale, por favor, estou ansioso.

— Não fique.

— Você me ligando… É natural que eu fique ansioso. Douglas concordou em falar comigo?

— Devagar, eu ainda não te disse nada.

— Então diga, por favor!

— Talvez dependa de você agora.

— Se depender de mim, irei imediatamente.

— Douglas está de volta — completou Ivana.

— Humm… Onde ele está?

— Em Idaho.

— Idaho é um estado grande.

— Eu sei.

— Nenhuma pista?

— É um trabalho seu agora.

— Claro que é um trabalho meu, consertar o que você destruiu por anos, junto daquele patife do Grego.

— Oh! Não… Sem ofensas, por favor…

— Desculpe, tenho muito desgosto com o que vocês fizeram.

— Estou fazendo a minha parte, Tomaz.

— Douglas está na base militar? — perguntei ansioso.

— Sim…

— Eu vou até lá.

— Eu disse a ele que você iria.

— E então…

— Não me deu esperanças, ou melhor, a você.

— Entendo.

— Vai tentar? — indagou Ivana.

— Sim. Vou tentar encontrá-lo.

— Me avisa depois.

— Claro que sim, Ivana, te vejo em breve.

Naquele mesmo dia seria impossível sair do Rio de Janeiro, eu teria que localizar a base aérea de Idaho onde possivelmente Douglas estaria. Comprei uma passagem para Nova York e de lá eu seguiria em voo interno até Los Angeles. A minha intenção de unir o útil ao agradável poderia se concretizar se eu alugasse um carro em Los Angeles e dirigisse até São Francisco. Mapeei todas as bases militares de Idaho. Encontrei uma, talvez a que seria mais provável, anotei tudo e em quatro dias o avião onde eu estava decolou com destino a Nova York.

Outro voo interno de aproximadamente cinco horas e logo eu estava em Los Angeles. Peguei a costeira, Highway 1, e dirigi olhando as belas paisagens por mais ou menos 700 quilômetros. A vista era deslumbrante ao longo do oceano Pacífico. Muitas florestas preservadas, cachoeiras, rios cristalinos e praias selvagens eram avistadas da estrada, uma viagem fantástica que ajudou a desencarcerar meus pensamentos e a me livrar da apreensão que me assolava ante a incerteza do encontro com Douglas.

Ao chegar em São Francisco aproveitei para saborear alguns pratos da famosa culinária da cidade. Comi frutos do mar em um restaurante no Pier 39 e caminhei um pouco pela calçada. É uma bela cidade, cheia de história, cultura e belezas naturais.

Idaho era distante e eu teria que atravessar grande parte do estado de Nevada. Do ponto onde eu estava, calculei ter que dirigir por mais de 900 quilômetros até chegar em Boise City, capital do estado de Idaho. De lá eu iria procurar por alguma base aérea, onde eu tinha a esperança de encontrar Douglas.

A viagem foi cansativa, não parei para espreitar o que havia no percurso, dirigi por um dia inteiro até chegar em Boise City. Já era noite e eu precisava de descanso. Procurei um hotel e, depois de um banho relaxante, me deitei e dormi ininterruptamente até o despertador me acordar às 6h do dia seguinte. Caminhei pela cidade. Conversei com pessoas e iniciei uma busca incessante em um labirinto de expectativas desfeitas. Segui coordenadas, nomes nas placas, mas só encontrei portas fechadas e olhares vagos. Cada passo era como uma promessa quebrada. Minha esperança acabou se transformando em ansiedade e minha paciência esgotou ante a busca baldada.

Olhei para o céu, para as pessoas, para as fachadas e me perguntei se Douglas estaria feliz, estaria bem naquele lugar longínquo. Enquanto a frustração se misturava com a saudade eu decidi voltar e deixar para trás endereços vazios e lembranças não vividas. No caminho até a cidade eu me perguntava se algum dia eu encontraria Douglas, se algum dia eu voltaria a falar com ele. Eu conjecturava se algum dia eu poderia de verdade abraçar meu filho e dizer que eu o amava. O que eu trazia no meu peito não era o regozijo do reencontro, e sim uma cicatriz invisível. Até quando Douglas permaneceria como uma sombra na minha memória?

AMOR E REBELDIA

Fui para um quarto de hotel em Boise City, no afã de pensar em alguma estratégia que me levasse ao encontro de meu filho. Ivana havia me enviado o e-mail de Douglas, mas desconfiei de que um recado partindo de mim poderia restar inócuo. Liguei para Narcisa, uma amiga em comum que eu e Ivana tínhamos desde os tempos de namoro. Lhe pedi que fizesse isso por mim.

"Querida amiga, espero que esta mensagem a encontre bem. Estou na cidade de Boise City e adoraria encontrar o meu filho. Seria possível você enviar um e-mail a ele para marcar um encontro? Agradeço a sua ajuda".

Narcisa atendeu prontamente respondendo que enviaria de bom grado uma mensagem a Douglas com cópia para mim. Agradeci e aguardei por algumas horas que julguei serem necessárias para que a mensagem tivesse efeito. Calcei tênis, vesti camisa e calção para a prática de esportes e saí pelas ruas caminhando a pé e desfrutando da vida onde a cidade mistura a agitação urbana com o acesso à natureza, fui até o Julia Davis Park e comecei a correr nas vias asfaltadas do parque, onde muita gente praticava caminhada.

Corri por um tempo, não calculei, com o pensamento acelerado não senti o cansaço. Quando parei percebi que tinha corrido por mais de uma hora em ritmo moderado. Parei em um jardim de rosas e me sentei para admirar a natureza e a beleza do parque. Senti uma vibração em meu bolso e notei que o celular havia acusado a entrada de mensagem. Abri a tela. Narcisa respondera algo que eu não conseguia acessar. Fui direto para a página de e-mail e localizei o endereço de Narcisa.

"Amigo, seu filho respondeu o meu e-mail, não entrarei em detalhes, mas vou repassar a você o que foi escrito".

Fui capaz de sentir todo o constrangimento de Narcisa ao ter que repassar a mensagem que meu filho me enviara.

"Minha cara, vou responder em consideração a você, mas, por favor, não me peça isso de novo. Diga ao Tomaz que não quero contato. Estou sendo claro... Não quero contato".

A resposta de Douglas foi escrita com a frieza de um militar ante o combate. Aquelas palavras devastadoras foram como um abismo profundo e escuro se abrindo sob meus pés. As palavras digitadas na tela pareciam perfurar meu coração. Cada letra, cada frase era como uma faca afiada a cortar a possibilidade de uma relação de amor entre mim e meu filho. Eu comecei a relembrar os risos e os abraços do meu bebê que agora me excluía de forma convicta e expressiva.

Os risos de Douglas pareceram tão distantes como se pertencessem a outra vida, outra dimensão da vida. A tristeza e a incerteza se entrelaçaram em mim. As poucas memórias de alegria que eu tinha foram eclipsadas pela sensação de rejeição. Eu li e reli aquele e-mail na ilusão de que encontraria alguma lacuna onde as palavras se confundissem e não revelassem a verdade. Em vão eu tentava aliviar a minha dor. Mas as palavras de Douglas foram precisas, cirúrgicas e contundentes, foram cruas e finais: "Não quero contato". A dor, profunda como o oceano, era silenciosa em meu peito.

Fiquei parado por alguns minutos a contemplar as belas rosas daquele jardim. Procurei por alguma sensação que pudesse me consolar, algum sentimento que me aliviasse. Permaneci calado absorto na observação da grama, das pessoas, das rosas. Inerte fiquei, sem me levantar; não chorei... Não me enfureci. Continuei à espera de uma inspiração qualquer que motivasse minhas ações.

Após um longo tempo sentado naquele jardim, me levantei e caminhei pelas vielas do Julia Davis Park. Atravessei uma ponte estreita de madeira e fui ver o que havia do outro lado. Não vendo nada de interessante, voltei e parei no meio da estreita ponte abaulada de madeira e me pus a contemplar o rio Boise. Era estreito e parecia raso, mas a água era limpa, quase cristalina, pelo menos naquela passagem. As árvores enfeitavam as margens e uma trilha pavimentada fora construída debaixo das frondosas árvores ao longo do rio. Era bonito, muitas pessoas caminhavam e praticavam lá exercícios físicos, outras corriam e muitos simplesmente passeavam pelos jardins do parque.

Fiquei no meio da ponte por algum tempo, olhando o rio, olhando as pessoas e a bela natureza implantada como um jardim natural, mas organizado. Olhei novamente para a tela principal do celular e percebi que era hora de partir. Não havia nada mais para mim em Boise City.

*****

— Mais alguma bagagem, senhor? — perguntou o gerente do hotel onde eu estava.

— Não. É só essa. Feche a minha conta, por favor.

Fechei a conta do hotel e entrei no carro, era hora de voltar para casa. Dirigi sem parar até São Francisco onde descansei. Voltei no Pier 39 e degustei deliciosos camarões que foram servidos com aspargos e batatas-inglesas cozidas. O garçom trouxe à parte uma molheira de aço inox que continha azeite bem quente com dentes de alho dentro, o alho parecia ter sido cozido no azeite quente, pois estava translúcido. O chef me orientou a regar as batatas-inglesas cozidas ao tempo em que iam sendo consumidas. Pedi uma garrafa de vinho Pinot Blanc da Califórnia para harmonizar com o prato.

Um prato de camarões em São Francisco foi uma experiência sensorial única que combinou a suculência dos camarões com a textura macia das batatas-inglesas. Os aspargos, levemente crocantes, contribuíram com um toque de frescor e um sabor vegetal que complementaram harmoniosamente os frutos do mar. O azeite quente com alho adicionou uma dimensão encorpada, intensificando o aroma e proporcionando uma nota picante que enriqueceu cada garfada. A combinação de ingredientes revelou o equilíbrio entre o brilho dos frutos do mar, a simplicidade das batatas, a exuberância dos aspargos e a sofisticação do azeite aromatizado.

Foi uma fusão de sabores entrelaçados que criaram em mim uma experiência culinária memorável. Devaneei quando seria a próxima vez que eu voltaria a São Francisco para saborear novamente aquele prato.

Na manhã seguinte, na estrada para Los Angeles, parei em um mirante. Eu queria contemplar o oceano. O horizonte infinito certamente me traria respostas. Deixei minha mente vagar pelas águas. O mar estava calmo e melancólico. O horizonte aberto me fazia sonhar com a liberdade da alma, permiti que as asas da imaginação se estendessem sem limites. O mar carrega muitas histórias antigas, navios cruzando oceanos, aventuras épicas, mitos e lendas. O mar tem seus mistérios e me lembrava da minha pequenez diante da natureza.

As ondas indo e vindo eram o testemunho da eternidade, a impermanência e a continuidade. Em uma forma extraordinária a minha mente se abriu e obtive uma clarividência jamais imaginada. "Perdoe o seu filho", foi como se uma voz sussurrasse inesperadamente em meus ouvidos, e era distinta. É claro que eu devia perdoar o meu filho. Ele fora tão vítima quanto eu. Vítima da alienação parental, vítima de manipulação de seu comportamento desde sua primeira infância. Além do mais, perdoar o meu filho seria importante, não obstante que mais relevante ainda seria obter o seu perdão. E era para isso que eu deveria me esforçar. Resolvi dar tempo ao tempo, dar tempo ao Douglas, dar tempo ao meu filho querido. Me lembrei que um certo dia eu ouvira de um grande amigo: "O tempo é um santo remédio".

*****

Quando cheguei no Rio de Janeiro, fui direto a um bar no Leblon, de lá liguei para Guga, que estava em um congresso:

— Quanto tempo você ainda demora? — perguntei impaciente ao celular.

— Estou no trânsito, em dez minutos estarei aí — respondeu Guga com pressa para desligar o aparelho.

Me sentei e pedi uma bebida. O dia estava quente e não me deixava esquecer os últimos fenômenos que vinham aumentando a temperatura da Terra. Uma bebida gelada me faria bem, bebi o copo inteiro antes que Guga chegasse. Quando o vi, nos cumprimentamos com um abraço fraterno como era nosso costume.

— O dia está bonito, hoje só vi pessoas alegres — comentou Guga.

— Nenhum probleminha para temperar a vida? — retruquei zombeteiro.

— Não aprecio temperos fortes — comentou do outro lado da mesa o meu amigo Guga.

— Você está irradiando alegria, algum motivo em especial?

— A vida para mim já é muito especial.

— De acordo. Namorada nova?

— Não.

— Você precisa encontrar alguém.

— Agora não, estou bem.

— Estou vendo que sim.

— Hoje eu só quero beber e sorrir — gargalhou Guga.

— Somos dois.

— Garçom… uma caipirinha… — pediu Guga.

— Duas, por favor — emendei.

— Mais uma para o senhor? — indagou o garçom.

— Sim, por favor, manda duas… uma é para o meu amigo.

— E como foi lá na Califórnia? — provocou Guga.

— A Califórnia é sempre linda.

— Preciso conhecer.

— Você precisa descansar um pouco, anda trabalhando muito — observei.

— Pois é, estou esperando você se formar, quem sabe abriremos juntos uma clínica, só assim poderei descansar um pouco.

— Iremos abrir uma clínica — confirmei ao ouvir a proposta.

Guga sorriu e brindamos com os copos levantados.

CAPÍTULO XV

AMOR E REBELDIA

Depois daquele dia em Idaho não voltei a procurar Douglas. Também não procurei Ivana. Cuidei da minha vida e pus em prática desejos antigos. Permaneci solteiro, ou melhor, sozinho. Namorei mulheres lindas e interessantes, mas me casar de novo não fez parte dos meus planos pelos 13 anos seguintes. Me tornei um nômade emocional. Vaguei pela cidade, descobri novos sabores em restaurantes escondidos, explorei novos horizontes e colecionei histórias. Percorri novas rotas e conheci outros países. Pesquei e cavalguei, encontrei alegria e felicidade em coisas simples e triviais.

Fiz novos amigos e me aproximei ainda mais dos antigos. Reencontrei Justino, era advogado e trabalhava em Curitiba. Estava calvo, perdera aquela cabeleira alourada que lhe era tão cara na juventude, mas seus olhos continuavam esbugalhados, o modo espalhafatoso e barulhento ainda continuava o mesmo. Reencontrei Jacinto, o Number One, se formou em direito e trabalhava em Brasília, ainda considerava medíocre o segundo lugar em qualquer evento. Percebi que a essência dos grandes amigos ainda era a mesma. Jacinto me informou sobre muitos outros amigos que, alguns anos depois, pude reencontrar. Revi Cibelly e ainda tivemos tempo de reviver o prazer de sermos bons amantes. Não perdi o meu medo de cachorros, mas aprendi a conviver melhor com os bichinhos.

As mulheres, ah! Conheci muitas, namorei mulheres de muitas áreas profissionais, mas, novamente, não firmei compromisso com nenhuma. Os fios brancos que começaram a apontar nos meus cabelos, esses não me assustaram, as leves rugas que mapearam meu rosto em volta dos olhos me preocuparam menos ainda. Testemunhei a passagem do tempo concretizando meus planos sem dor e sem nostalgia. Não me encolhi ante as dificuldades, não temi o espelho, aliás encarei-o de frente e fiz dele um aliado, enfrentei a balança, degustei todos os sabores que me convieram.

Mirei-me em Sêneca e em seus ensinamentos estoicos sobre a virtude, a felicidade e a autorrealização. Identifiquei-me com Epicuro e com os seus ensinamentos sobre os prazeres moderados da vida na busca por tranquilidade e ausência de medo. Me tornei um homem maduro. Meu olhar, um atlas de histórias vividas. Meus olhos, profundos e serenos, refletiam a calma de quem já viu tempestades e encontrou abrigo nas pequenas alegrias. Me tornei um monumento à resiliência e um farol para quem navega nas águas incertas da juventude. Agora eu era um símbolo de força, de aceitação e de gratidão pela vida que eu vivi e por tudo que ainda estava por vir.

Diante de tantas realizações eu me sentia pleno... Ou quase pleno. Uma coisa ainda me restava: eu tinha que procurar o meu filho... Mesmo que fosse pela última vez, mas eu tinha que encontrá-lo e entregar a ele o material que eu julgava necessário para que ele deliberasse sobre mim definitivamente. Eu estava determinado, como eu disse, que aquela seria a última vez que eu o procuraria e, quanto ao que viesse depois... eu seria resignado.

*****

O prédio do Brooklin se erguia majestoso, suas janelas refletiam o sol da tarde. O décimo sexto andar parecia uma distância considerável, mas eu estava disposto a subir. Algumas palavras trocadas com o porteiro e ele gostou da ideia de fazer parte da surpresa que eu faria ao meu filho que há muito não via. Entrei no elevador e apertei o botão do décimo sexto andar. No pequeno visor eu acompanhava os números de acordo com a escalada da máquina. Quando enfim a contagem atingiu o seu destino, o elevador parou e a porta de aço se abriu automaticamente. Empurrei a segunda porta de madeira e vi um hall amplo e comprido. Me aproximei do número 1604 e procurei por uma campainha, estava no alto à minha esquerda, aproximei o dedo e pressionei. Alguém respondeu, era a voz de uma criança. A porta se abriu e vi um menino que julguei ter quatro anos com um olhar curioso e incomum.

— Quem é você?

Antes que eu respondesse, ele escancarou a porta.

— Entra, minha mãe está na cozinha.

— E o papai, onde está? — perguntei carinhosamente.

— No trabalho.

Ouvi um chiado de passos pelo chão e uma mulher se aproximou.

— Como posso ajudá-lo, senhor? Como conseguiu passar pela portaria? — interpelou a mulher recolhendo o filho para perto de si.

— Não havia ninguém na portaria com quem eu pudesse falar e a porta estava aberta — retruquei calmamente.

— Como posso ajudá-lo, senhor?

— Estou aguardando o Douglas, mas se isso a incomoda eu posso esperar lá embaixo, na rua.

— O senhor conhece meu marido?… Mas eu não o conheço.

— Ah! Me desculpe, me chamo Tomaz Zambom.

Ao pronunciar meu nome a mulher levou a mão à boca e me olhou ambígua.

— O senhor é… o… pai… biológico do Douglas.

— Sim, eu sou!

— Por favor, sente-se, senhor Tomaz, o Douglas está para chegar.

— Obrigado, e o seu nome é?… Espera, deixa eu tentar… Martina…

— Sim, eu sou Martina e esse é nosso filho Josh…

— Lindo rapaz! — dizendo isso me aproximei de Josh e o acariciei.

A porta rangeu e Douglas apareceu ainda em tempo de testemunhar meu afago aos cabelos de Josh.

— O que está acontecendo aqui? Quem é esse senhor? — Me identifiquei e a negativa veio imediata:

— Eu lhe disse que não queria lhe encontrar.

— Eu entendo, por telefone é simples e fácil se ver livre de alguém. O que ocorre, Douglas, é que precisamos conversar.

— Eu já disse ao senhor e reitero, nós não temos nada para conversar.

Nesse intervalo, Martina se desculpou e convidou Josh para um sorvete agarrando suas mãos e fechando a porta de entrada atrás dela.

— Douglas, meu filho…

— Não sou seu filho e você já está me aborrecendo com essa insistência.

— Existem algumas coisas até então nebulosas para você que precisam ser reveladas.

— Eu sei muito bem quem são os meus pais, não faço questão de nenhuma revelação e agora me dê licença — disse Douglas levando a mão à maçaneta da porta. Já ia abrindo quando insisti.

— Não antes de acertarmos alguns pontos, você precisa me ouvir.

Nesse momento, Douglas alterou seu tom de voz e vociferou:

— Não me faça ser grosseiro, eu já disse que não tenho nada para conversar com você, agora saia da minha casa.

— Foi uma fraude... — afirmei olhando em seus olhos. — Sua adoção por Gregório foi uma fraude.

— O que você está me dizendo? Quem é você para falar dos meus pais?

— O Grego não é seu pai... Seu pai sou eu e você é meu filho.

Douglas se aproximou de mim e, batendo com as duas mãos em meu peito, exigiu que eu me retirasse imediatamente ou ele chamaria a polícia. Eu me preveni recuando um dos pés, me lembrei das práticas do *taekwondo* e me firmei ainda de pé.

Espalmei as mãos e implorei por menos violência, ele se manteve parado na minha frente. Eu narrei detalhadamente tudo o que havia acontecido com referência à sua adoção, a alienação parental da qual eu havia sido vítima, a mudança proposital para a Pensilvânia com a finalidade de escondê-lo de mim, a conivência criminosa da família, avós, tios e agregados de ambas as famílias, tanto de Ivana quanto de Gregório. Arrematei dizendo o quanto eu havia procurado por ele até encontrá-lo naquele momento.

— Você não está me entendendo, eu não me importo mais, não preciso que me conte mais nada, não preciso das suas enganações como fez com minha mãe antes de eu nascer.

— Eu estou aqui para esclarecer qualquer dúvida que você possa ter quanto a mim.

— Vai embora, senhor, eu não o quero mais na minha presença — esbravejou Douglas com a boca trêmula e as mãos cerradas.

— Ainda não acabei, você precisa saber — afirmei calmamente.

— Não preciso saber de mais nada — retrucou Douglas.

— Você me julgou, condenou e executou sua sentença sem nunca ouvir o que eu tinha para dizer.

Douglas me agarrou pelo pescoço esturrando como um jaguar enfurecido, eu segurei suas mãos e me desvencilhei, ele desferiu um novo golpe, eu agarrei em sua cintura e nós dois atingimos a superfície rolando pelo chão da sala, provocando um barulho ensurdecedor. Outro golpe em meu rosto e eu bloqueei com uma das mãos e consegui me pôr de joelhos. Ele foi mais rápido e um de seus pés me atingiu no estômago. Ainda gemendo de dor, consegui me levantar, mas sua fúria era incalculável e ele se lançou sobre mim com um ímpeto avassalador e eu desmoronei novamente atingindo com a parte de trás da minha cabeça o ressalto de mármore que circundava a lareira.

O sangue jorrou na minha nuca e eu me senti nauseado, tentei levantar e minha vista se anuviou. Me quedei assim por alguns segundos e percebi que Douglas se afastou aterrorizado. Mais alguns segundos foram suficientes para que eu recobrasse completamente os sentidos. Apoiei um dos joelhos no chão de granito da sala e com a outra mão segurei a aba de mármore que contornava a lareira, consegui assim me içar para cima e me ergui de pé. Vi sangue por toda a minha roupa e passei a mão na nuca, percebi um corte na parte de trás da cabeça por onde saía o sangue que encharcara minha camisa.

Corri até a cozinha e puxei quatro lâminas de papel toalha e dobrei em quatro partes deixando o papel mais espesso. Apliquei-o no ferimento na intenção de estancar o sangue que ainda corria. Olhei ao redor e não avistei Douglas. Eu sorri para mim mesmo, estava de fato contente com o episódio. Meu filho era um macho alfa tanto quanto eu e o demonstrara determinantemente.

Eu jamais teria o atrevimento de agredir meu filho, eu não estava lá para essa finalidade. Eu tinha ido até lá para protegê-lo. Analisei brevemente que essa ferocidade fora bem vista por mim. Se ele estava enfurecido comigo é porque ainda havia resquícios de uma amargura que buscava por respostas. Em seu âmago, jaziam guardados restos de incompreensão, restos de desejo aguardando pelo suprimento do pai.

Eu o compreendi, ele não era frio nem indiferente quanto a mim. Ele havia se expressado através de sua fúria. Não me importei tanto com o ferimento em minha cabeça. As feridas do corpo... A maioria é rapidamente curável, as da alma... nem sempre.

Subitamente Douglas apareceu trazendo uma bolsa plástica com gelo e aplicou ele mesmo na minha cabeça. Eu o olhei e me comovi ao ver meu filho tão próximo de mim, percebi sua essência através daquele gesto. Segurei a bolsa plástica por alguns minutos sem proferir palavra alguma. Douglas também se calou e permanecemos assim.

— Agora eu vou, tenho que ir.

— Espere até que o sangue seja estancado pelo gelo.

— Acho que não vai parar tão facilmente, vou até um hospital.

— Eu levo você, venha comigo.

— Não é necessário, não quero que Martina e seu fi... meu neto me vejam assim.

Olhei para ele mais uma vez e enxerguei meu filho querido e amado por mim desde o seu nascimento. Fui capaz de divisar a honestidade e a honra contidas na sua genética. Abri a porta e, antes de sair, deixei a bolsa de gelo no aparador próximo à parede juntamente com um cartão comercial de visita. Arrisquei uma última olhadela e vi Douglas sentado no sofá escondendo o rosto com as mãos.

Agora, sim, eu tinha a certeza de ter munido o meu filho com material suficiente para que ele fizesse o meu julgamento. Um julgamento clemente, sem iniquidade. Ele não seria mais o árbitro influenciado pela alienação de outrora, sua sentença seria proferida por suas próprias convicções.

Ele fora aparelhado com a exordial e a contestação, cabia a ele buscar a réplica e as comprovações para sua deliberação. Meu filho era... o meu filho. Eu tive a certeza de, mais uma vez, ter carimbado em sua mente e em seu coração o senso de justiça. Se naquele instante eu pudesse escrever a ele, eu teria redigido: "termos em que pede deferimento".

*****

No segundo dia após minha chegada ao Brasil, me reuni com minhas filhas, Maria Vitória e Maria Clara. Era dia de festa, meu aniversário de 60 anos. Eu não era mais jovem, nem tampouco era velho.

Me sentia bem ao lado de Verônica, a mulher que escolhi para viver até o último dia da minha vida. Verônica era especial. Era bela com seus olhos âmbar amendoados e acesos o tempo inteiro. Tinha uma energia estupenda e mostrava ação o tempo todo. Mulher extraordinariamente perspicaz, percebia todos os meus movimentos por menores que fossem. Mas era amável e cheia de vida, assim como eu. Gostávamos de passear, dançar e nos divertir. Minhas filhas, já adultas, administravam bem as próprias vidas. Eu ainda não era avô, ops… dos filhos delas. Aham… Mas a certeza era única… isso não tardaria.

Verônica esperava pelo mesmo desfecho e contava os dias e as horas para idolatrar os pequenos filhos de seus filhos. Morávamos perto do mar. Havia uma colina e escolhemos aquele lugar para construir nossa casa. As tardes eram belas, eu olhava de cima e avistava a imensidão das águas. Costumeiramente, nas tardes ventiladas pela brisa do mar, eu me sentava na ponta da encosta, onde a vista não era obstruída, para ver melhor e contemplar as belezas do oceano.

*****

Algumas semanas se passaram desde o encontro com meu filho. A angustiante espera pelo resultado de minhas investidas me dilacerava a alma. Cada segundo se estendia como uma eternidade e enchia meu coração de incerteza e ansiedade.

Ainda que resignado, o meu coração paterno pulsava de novo com a esperança de reencontrar aquele que um dia foi luz na minha vida. As lembranças já não eram ingênuas recordações, e sim fantasmas assombrando minha mente, na tentativa de resgatar os sorrisos e os abraços perdidos. O relógio avançava impiedoso enquanto o vazio intensificava a angústia. Eu às vezes me perdia entre memórias e anseios cultivando a agonia da espera. Cada momento de incerteza era como uma sombra a pairar sobre a esperança.

*****

AMOR E REBELDIA

Douglas atravessou a calçada e parou de frente para a clínica. A fachada era arrojada e exibia uma arquitetura moderna, ao mesmo tempo sóbria, transmitia uma percepção de acolhimento e segurança. As janelas amplas tinham tons suaves e permitiam a entrada de luz natural. O espaço parecia ter sido projetado para transmitir confiança e conforto aos pacientes; percorreu seus olhos por toda a extensão do exterior e avistou um letreiro que destacava o nome dos especialistas que ali atuavam.

Dr. Guillermo Garraiah – Neurologista

Dra. Lívia Constantino – Pediatra

Dr. Tomaz Zambom – Cardiologista

Dr. Antônio Petrúqueo – Endocrinologista

Caminhou até a recepção e, no balcão de atendimento, procurou pelo doutor Tomaz Zambom. A secretária avisou que o Dr. Zambom havia operado de manhã e que estaria de volta somente no dia seguinte.

*****

Naquela tarde, por via de regra, apanhei minha cadeira de braços laterais, fui até a beira da encosta e me sentei. Abri uma garrafa de Pinot Blanc californiano bem gelado e degustei aos poucos. Eu me sentia leve e fiquei ali absorto em pensamentos. O mar se estendia até onde os olhos podiam alcançar. Uma vastidão azul se perdendo no horizonte. Lá de cima eu via as ondas que dançavam pincelando as areias e criando enigmáticos diagramas. Era uma visão serena e majestosa. O vento soprava forte e refrescava o entardecer. A brisa brincava com os meus ouvidos produzindo sons indistintos e indecifráveis. Inesperadamente ouvi uma voz que surgiu de trás, nas minhas costas.

— Pai...

Não podia ser, seria o vento a me iludir com o alvoroço de suas rajadas?

— Pai...

Não, não era o vento, aquela voz era real. Levantei-me de minha cadeira e virei o rosto para me certificar. Douglas me olhou e quis se aproximar quando, desorientado pela emoção, um desequilíbrio súbito me dominou e resvalei na relva umedecida pela maresia. Meu corpo se estremeceu e oscilou desajeitadamente. Deslizei descontrolado até a escarpa do penhasco. O solo irregular conspirou contra mim e me desloquei acelerado, sem ter chance de me agarrar a qualquer coisa. A única certeza era a queda iminente.

Douglas correu veloz e pulou de ponta em um salto formidável. Ainda teve tempo de ver minha mão direita estendida. Se agarrou a ela com firmeza e gritou em desespero.

— Pai... Pai... Meu pai.

Agarrado em minha mão, nossos olhos se cruzaram, mas o peso do meu corpo não deixou alternativa. Senti que minha mão direita passava por seus dedos que em vão tentavam me segurar. Olhei fixo em seus olhos e vi a luz que deles emanava.

— Meu filho...

Dois segundos foi tempo suficiente para ouvir o grito estrondoso que vinha do alto, Douglas com sua alma entranhada de tristeza e dor bradava redundantemente clamando ao céu por uma explicação.

O impacto foi generoso, me eximiu do sofrimento, não havia dor, eu não sentia mais meu corpo. Estendido entre as pedras do penhasco, eu não era mais um corpo, e sim uma mente. Uma mente vagando sozinha pelo universo, sem corpo, sem dor. Um espectro simplesmente. Minhas pálpebras pesaram e senti sono. Tentei mantê-las abertas, mas um sono aterrorizante e vertiginoso se apossou de meus olhos. Me esforcei um pouco mais e ergui os cílios, vislumbrei lagrimados os olhos de Maria Vitória, lágrimas traçavam caminhos pelo rosto de Maria Clara e Douglas mostrava um olhar triste. Meu filho, minhas filhas, todos a me fitar. Minha mente se embaralhou, meus olhos se fecharam e tudo era escuridão. De súbito, um clarão se irrompeu extravagante, mas se dissipou no segundo sequente.

O nada se instalou em minha existência... e foi tudo o que me restou.

FIM.